沙揚娜拉

光影交錯的康橋，遊人如織的西湖，
一場浪漫與哲思的文學之旅

徐志摩 著

秋月的美滿，薰暖了飄心冷眼，
也清冷地穿上了輕縞的衣裳，
來參與這美滿的婚姻和喪禮。

目錄

目錄

印度洋上的秋思

印度洋上的秋思

昨夜中秋。黃昏時西天掛下一大簾的雲母屏，掩住了落日的光潮，將海天一體化成暗藍色，寂靜得如黑衣尼在聖座前默禱。過了一刻，即聽得船梢布篷上窸窸窣窣啜泣起來，低壓的雲夾著迷濛的雨色，將海線逼得像湖一般窄，沿邊的黑影，也辨認不出是山是雲，但涕淚的痕跡，卻滿佈在空中水上。

又是一番秋意！那雨聲在急驟之中，有零落蕭疏的況味，連著陰沉的氣氳，只是在我靈魂的耳畔私語道：「秋！」我原來無歡的心境，抵禦不住那樣溫婉的浸潤，也就開放了春夏間所積受的秋思，和此時外來的怨艾構合，產出一個弱的嬰兒——「愁」。

天色早已沉黑，雨也已休止。但方才啜泣的雲，還疏鬆地幕在天空，只露著些慘白的微光，預告明月已經裝束齊整，專等開幕。同時船煙正在莽莽蒼蒼地吞吐，築成一座蟒鱗的長橋，直聯及西天盡處，和輪船泛出的一流翠波白沫，上下對照，留戀西來的蹤跡。

北天雲幕豁處，一顆鮮翠的明星，喜孜孜地先來問探消息，像新嫁媳的侍婢，也穿扮得遍體光豔。但新娘依然姍姍未出。

我小的時候，每於中秋夜，呆坐在樓窗外等看「月華」。若然天上有雲霧繚繞，我就替「亮晶晶的月亮」擔憂。若然見了魚鱗似的雲彩，我的小心就欣欣怡悅，默禱著月兒快些開花，因為我常聽人說只要有「瓦楞」雲，就有月華；但在月光放彩以前，我母親早已逼我去上床，所以月華只是我腦筋裡一個不曾實現的想像，直到如今。

現在天上砌滿了瓦楞雲彩，霎時間引起了我早年許多有趣的記憶——但我的純潔的童心，如今那裡去了！

月光有一種神祕的引力。她能使海波咆哮，她能使悲緒生潮。月下的喟息可以結聚成山，月下的情淚可以培畤百畝的畹蘭，千莖的紫琳。我疑悲哀是人類先天的遺傳，否則，何以我們幾年不知悲感的時期，有時對著一瀉的清輝，也往往淒心滴淚呢？

但我今夜卻不曾流淚。不是無淚可滴，也不是文明教育將我最純潔的本能鋤淨，卻為是感覺了神聖的悲哀，將我理解的好奇心激動，想學契古特白登（契古特白登，通譯夏多勃里昂（1768-1848），法國作家。）來解剖這神祕的「眸冷骨累」。冷的智永遠是熱的情的死仇。他們不能相容的。

但在這樣浪漫的月夜，要來練習冷酷的分析，似乎不近人情，所以我的心機一轉，重複將鋒快的智力劇起，讓沉醉的情淚自然流轉，聽他產生什麼音樂，讓綣繾的詩魂漫自低回，看他尋出什麼夢境。

印度洋上的秋思

明月正在雲岩中間，周圍有一圈黃色的彩暈，一陣陣的輕靄，在她面前扯過。海上幾百道起伏的銀溝，一齊在微叱淒其的音節，此外不受清輝的波域，在暗中憤憤漲落，不知是怨是慕。

我一面將自己一部分的情感，看入自然界的現象，一面拿著紙筆，痴望著月彩，想從她明潔的輝光裡，看出今夜地面上秋思的痕跡，希冀他們在我心裡，凝成高潔情緒的菁華。因為她光明的捷足，今夜遍走天涯，人間的恩怨，那一件不經過她的慧眼呢？

印度的 Ganges（埂奇）河邊有一座小村落，村外一個榕絨密繡的湖邊，坐著一對情醉的男女，他們中間草地上放著一尊古銅香爐，燒著上品的水息，那溫柔婉戀的煙篆，沈馥香濃的熱氣，便是他們愛感的象徵——月光從雲端裡輕俯下來，在那女子胸前的珠串上，水息的煙尾上，印下一個慈吻，微哂，重複登上她的雲艇，上前駛去。

一家別院的樓上，窗簾不曾放下，幾枝肥滿的桐葉正在玻璃上搖曳鬥趣，月光窺見了窗內一張小蚊床上紫紗帳裡，安眠著一個安琪兒似的小孩，她輕輕挨進身去，在他溫軟的眼睫上，嫩桃似的腮上，撫摩了一會。又將她銀色的纖指，理齊了他臍圓的額髮，靄然微哂著，又回她的雲海去了。

一個失望的詩人，坐在河邊一塊石頭上，滿面寫著幽鬱的神情，他愛人的倩影，在他胸中像河水似的流動，他又不能在失望的渣滓裡榨出些微甘液，他張開兩手，仰著頭，讓大慈大悲的月光，那時正在過路，洗沐他淚腺濕腫的眼眶，他似乎感覺到清心的安慰，立即摸出一管筆，在白衣襟上寫道：

「月光，你是失望兒的乳娘！」

海面一座柴屋的窗櫺裡，望得見屋裡的內容：一張小桌上放著半塊麵包和幾條冷肉，晚餐的剩餘，窗前幾上開著一本家用的《聖經》，爐架上兩座點著的燭臺，不住地在流淚，旁邊坐著一個縐面馱腰的老婦人，兩眼半閉不閉地落在伏在她膝上悲泣的一個少婦，她的長裙散在地板上像一隻大花蝶。老婦人掉頭向窗外望，只見遠遠海濤起伏，和慈祥的月光在擁抱密吻，她嘆了聲氣向著斜照在《聖經》上的月彩囁道：「真絕望了！真絕望了！」

她獨自在她精雅的書室裡，把燈火一齊熄了，倚在窗口一架籐椅上，月光從東牆肩上斜瀉下去，籠住她的全身，在花瓶上幻出一個窈窕的倩影，她兩根垂辮的髮梢，她微澹的媚唇，和庭前幾莖高峙的玉蘭花，都在靜謐的月色中微顫，她加她的呼吸，吐出一股幽香，不但鄰近的花草，連月兒聞了，也禁不住迷醉，她腮邊天然的妙渦，已有好幾日不圓滿：她瘦損了。但她在想什麼呢？月光，你能否將我的夢魂帶去，放在離她三五尺的玉蘭花枝上。

威爾斯（威爾斯，通譯威爾士，英國大不列顛島西南部的一塊地方。）西境一座礦床附近，有三個工人，口銜著笨重的菸斗，在月光中閒坐。他們所能想到的話都已講完，但這異樣的月彩，在他們對面的松林，左首的溪水上，平添了不可言語比說的嫵媚，唯有他們工餘倦極的眼珠不闔，彼此不約而同今晚較往常多抽了兩斗的煙，但他們礦火燻黑，煤塊擦黑的面容，表示他們心靈的薄弱，在享樂菸斗以外，雖然秋月溪聲的戟刺，也不能有精美情緒之反感。等月影移西一些，他們默默地撲出了一斗灰，起身進屋，各自登床睡去。月光從屋背飄眼望進去，只見他們都已睡熟；他們即使有夢，也無非礦內礦外的景色！

月光渡過了愛爾蘭海峽，爬上海爾佛林的高峰，正對著靜默的紅潭。潭水凝定得像一大塊冰，鐵青色。四周斜坦的小峰，全都滿鋪著蟹青和蛋白色的岩片碎石，一株矮樹都沒有。沿潭間有些叢草，那全體形勢，正像一大青碗，現在滿盛了清潔的月輝，靜極了，草裡不聞蟲吟，水裡不聞魚躍；只有石縫裡潛潤瀝淅之聲，斷續地作響，彷彿一座大教堂裡點著一星小火，益發對照出靜穆寧寂的境界，月兒在鐵色的潭面上，倦倚了半晌，重複拔起她的銀瀉，過山去了。

昨天船離了新加坡以後，方向從正東改為東北，所以前幾天的船梢正對落日，此後「晚霞的工廠」漸漸移到我們船向的左手來了。

昨夜吃過晚飯上甲板的時候，船右一海銀波，在犀利之中涵有幽祕的彩色，淒清的表情，引起了我的凝視。那放銀光的圓球正掛在你頭上，如其起靠著船頭仰望。她今夜並不十分鮮豔；她精圓的芳容上似乎輕籠著一層藕灰色的薄紗；輕漾著一種悲喟的音調；輕染著幾痕淚化的露靄。她並不十分鮮豔，然而她素潔溫柔的光線中，猶之少女淺藍妙眼的斜瞟；猶之春陽融解在山巔白雲反映的嫩色，含有不可解的迷力，媚態，世間凡具有感覺性的人，只要承沐著她的清輝，就發生也是不可理解的反應，引起隱復的內心境界的緊張，——像琴弦一樣，——人生最微妙的情緒，戟震生命所蘊藏高潔名貴創現的衝動。有時在心理狀態之前，或於同時，撼動軀體的組織，使感覺血液中突起冰流之冰流，嗅神經難禁之酸辛，內藏洶湧之跳動，淚腺之驟熱與潤濕。那就是秋月興起的秋思——愁。

昨晚的月色就是秋思的泉源，豈止，直是悲哀幽騷悱怨沉鬱的象徵，是季候運轉的偉劇中最神祕亦最自然的一幕，詩藝界最淒涼亦最微妙的一個消息。

今夜月明人盡望，不知秋思在誰家。

中國字形具有一種獨一的嫵媚，有幾個字的結構，我看來純是藝術家的匠心：這也是我們國粹之尤粹者之一。譬如「秋」字，已經是一個極美的字形；「愁」字更是文字史上有數的傑作：有石開湖暈，風掃松針的妙處，這一群點畫的配置，簡直經過柯羅的書篆，米佗朗其羅的雕圭，Chopin（Chopin，通譯蕭邦（1810-1849），波蘭作曲家、鋼琴演奏家。）的神感；像——用一個科學的比喻——原子的結構，將旋轉宇宙的大力收縮成一個無形無縱的電核；這十三筆造成的象徵，似乎是宇宙和人生悲慘的現象和經驗，吒喟和涕淚，所凝成最純粹精密的結晶，滿充了催迷的祕力。你若然有高蒂閒（Gautier，通譯戈蒂埃（1811-1872），法國詩人、小說家、批評家。）異超的知感性，定然可以夢到，愁字變形為秋霞黯綠色的通明寶玉，若用銀槌輕擊之，當吐銀色的幽咽電蛇似騰入雲天。

我並不是為尋秋意而看月，更不是為覓新愁而訪秋月；蓄意沉浸於悲哀的生活，是丹德（丹德，通譯但丁（1265-1321），義大利詩人，著有《神曲》等。）所不許的。我蓋見月而感秋色，因秋窗而拈新愁：人是一簇脆弱而富於反射性的神經！

我重複回到現實的景色，輕裹在雲錦之中的秋月，像一個遍體蒙紗的女郎，她那團圓清朗的外貌像新娘，但同時她冪弦的顏色，那是藕灰，她踟躕的行踵，掩泣的痕跡，又使人疑是送喪的麗姝。所以我曾說：

「秋月呀！我不盼望你團圓。」

這是秋月的特色，不論她是懸在落日殘照邊的新鐮，與「黃昏曉」競豔的眉鉤，中宵斗沒西陲的金碗，星雲參差間的銀床，以至一輪腴滿的中秋，不論盈昃高下，總在原來澄爽明秋之中，遍灑著一種我只能稱之為「悲哀的輕靄」，和「傳愁的以太」。即使你原來無愁，見此也禁不得沾染那「灰色的音調」，漸漸興感起來！

秋月呀！

誰禁得起銀指尖兒浪漫地搔爬呵！

不信但看那一海的輕濤，可不是禁不住她玉指的撫摩，在那裡低徊飲泣呢！就是那

印度洋上的秋思

無聊的雲煙，
　秋月的美滿，
　熏暖了飄心冷眼，
也清冷地穿上了輕縞的衣裳，
來參與這美滿的婚姻和喪禮。

十月六日志摩

原刊 1922 年 12 月 29 日《晨報副刊》

義大利的天時小引

義大利的天時小引

我們常聽說義大利的天就比別處的不同：「藍天的義大利」，「豔陽的義大利」，「光亮的義大利」。我不曾來的時候，我常常想像義大利的天，陰霾，晦塞，霧盲，昏沉那類的字在這裡當然是不適用不必說，就是下雨也一定像夏天陣雨似的別有風趣，只是在雨前雨後增添天上的嫵媚；我想沒有雲的日子一定多，頭頂只見一個碧藍的圓穹，地下只是豔麗的陽光，大致比我們冬季的北京再加幾倍光亮的模樣。有雲的時候，也一定是最可愛的雲彩，鵝毛似的白淨，一條條在藍天裡掛著，要不然就是彩色最鮮豔的晚霞，玫瑰、琥珀、瑪瑙、珊瑚、翡翠、珍珠什麼都有；看著了那樣的天（我想）心裡有愁的人一定會忘卻愁，本來快活的一定加倍的快活……

那是想像中的義大利的天與天時，但想望總不免過分；在這世界上最美滿的事情離著理想的境界總還有幾步路：義大利的天，雖則比別處的好，終究還不是「洞天」。你們後來的記好了，不要期望過奢，我自己幸虧多住了幾天，否則不但滿意，差一些不曾十分的失望。

初入境時的印象我敢說一定是很強的，我記得那天鑽出了阿爾帕斯（通譯阿爾卑斯，歐洲最高大的山脈。）的山腳，連環的雪峰向後直退。郎巴德的平壤像一條地毯似的直鋪到前望的天邊，那時頭上的天與陽光的確不同，急切說不清怎樣的不同，就只天藍比往常的藍，白雲比尋常的白，陽光比平常的亮。你身邊站著的旅伴說「阿，這是義大利」，你也脫口的回答「阿，這是義大利」，你的心跳就自然的會增快，你的眼力自然的會加強，田裡的草，路旁的樹，湖裡的水都彷彿微笑著輕輕的回應你，阿，這是義大利！

但我初到的兩個星期，從米蘭到威尼（通譯威尼斯，義大利東北部港口城市。）經翡冷翠（通譯佛羅倫薩，義大利中部城市。後文中多處地方的「翡冷翠」即是佛羅倫薩，下文不再一一標出註釋。）去羅馬，義大利的天時，你說怎樣，簡直是荒謬！威尼市不曾見著它有名夕照的影子，翡冷翠只是不清明，羅馬最不顧廉恥，簡直連綿的淫雨了四天，四月有正月的冷，什麼遊興都給毀了，臨了逃向翡冷翠那天我真忍不住咒了。

原刊 1925 年 8 月 19 日《晨報副刊》

義大利的天時小引

巴黎的鱗爪

巴黎的鱗爪

咳巴黎！到過巴黎的一定不會再稀罕天堂；嘗過巴黎的，老實說，連地獄都不想去了。整個的巴黎就像是一床野鴨絨的墊褥，襯得你通體舒泰，硬骨頭都給薰酥了的——有時許太熱一些。那也不礙事，只要你受得住。讚美是多餘的，正如讚美天堂是多餘的；咒詛也是多餘的，正如咒詛地獄是多餘的。巴黎，軟綿綿的巴黎，只在你臨別的時候輕輕地囑咐一聲：「別忘了，再來！」其實連這都是多餘的，誰不想再去？誰忘得了？

香草在你的腳下，春風在你的臉上，微笑在你的週遭。不拘束你，不責備你，不督飭你，不窘你，不惱你，不揉你。它摟著你，可不縛住你：是一條溫存的臂膀，不是根繩子。它不是不讓你跑，但它那招逗的指尖卻永遠在你的記憶裡晃著。多輕盈的步履，羅襪的絲光隨時可以沾上你記憶的顏色！

但巴黎卻不是單調的喜劇。賽因河的柔波裡掩映著羅浮宮的倩影，它也收藏著不少失意人最後的呼吸。流著，溫馴的水波；流著，纏綿的恩怨。咖啡館：和著交頸的軟語，開懷的笑響，有踞坐在屋隅裡蓬頭少年計較自毀的哀思。跳舞場：和著翻飛的樂調，迷醇的酒香，有獨自支頤的少婦思量著往跡的愴心。浮動在上一層的許是光明，是歡暢，是快樂，是甜蜜，是和諧；但沉澱在底裡陽光照不到的才是人事經驗的本質：說重一點是悲哀，說輕一點是惆悵：誰不願意永遠在輕快的流波里漾著，可得留神了你往深處去時的發見！

一天一個從巴黎來的朋友找我閒談，談起了勁，茶也沒喝，煙也沒吸，一直從黃昏談到天亮，才各自上床去躺了一歇，我一闔眼就回到了巴黎，方才朋友講的情境惝恍的把我自己也纏了進去；這巴黎的夢真醇人，醇你的心，醇你的意志，醇你的四肢百體，那味兒除是親嘗過的誰能想像！——我醒過來時還是迷糊的忘了我在那兒，剛巧一個小朋友進房來站在我的床前笑吟吟喊我，「你做什麼夢來了，朋友，為什麼兩眼潮潮的像哭似的？」我伸手一摸，果然眼裡有水，不覺也失笑了——可是朝來的夢，一個詩人說的，同是這悲涼滋味，正不知這淚是為那一個夢流的呢！

下面寫下的不成文章，不是小說，不是寫實，也不是寫夢，——在我寫的人只當是隨口曲，南邊人說的「出門不認貨」，隨你們寬容的讀者們怎樣看罷。

出門人也不能太小心了。走道總得帶些探險的意味。生活的趣味大半就在不預期的發見，要是所有的明天全是今天刻板的化身，那我們活什麼來了？正如小孩子上山就得採花，到海邊就得撿貝殼，書呆子進圖書館想撈新智慧——出門人到了巴黎就想……你的批評也不能過分嚴正不是？少年老成——什麼話！老成是老年人的特權，也是他們的本分；說來也不是他們甘願，他們是到了年紀不得不。少年人如何能老成？老成了才是怪哪！

放寬一點說，人生只是個機緣巧合；別瞧日常生活河水似的流得平順，它那裡面多的是潛流，多的是漩渦——輪著的時候誰躲得了給捲了進去？那就是你發愁的時候，是你登仙的時候，是你辨著酸的時候，是你嘗著甜的時候。

巴黎也不定比別的地方怎樣不同：不同就在那邊生活流波裡的潛流更猛，漩渦更急，因此你叫給捲進去的機會也就更多。

我趕快得聲明我是沒有叫巴黎的漩渦給淹了去——雖則也就夠險。多半的時候我只是站在賽因河岸邊看熱鬧，下水去的時候也不能說沒有，但至多也不過在靠岸清淺處溜著，從沒敢往深處跑——這來漩渦的紋螺，勢道，力量，可比遠在岸上時認清楚多了。

一、九小時的萍水緣

我忘不了她。她是在人生的急流裡轉著的一張萍葉，我見著了它，掬在手裡把玩了一晌，依舊交還給它的命運，任它飄流去——它以前的飄泊我不曾見來，它以後的飄泊，我也見不著，但就這曾經相識匆匆的恩緣——實際上我與她相處不過九小時——已在我的心泥上印下蹤跡，我如何能忘，在憶起時如何能不感須臾的惆悵？

那天我坐在那熱鬧的飯店裡瞥眼看著她，她獨坐在燈光最暗漆的屋角裡，這屋內那一個男子不帶媚態，那一個女子的胭脂口上不沾笑容，就只她：穿一身淡素衣裳，戴一頂寬邊的黑帽，在鬑密的睫毛上隱隱閃亮著深思的目光——我幾乎疑心她是修道院的女僧偶爾到紅塵裡隨喜來了。我不能不接著注意她，她的別樣的支頤的倦態，她的曼長的手指，她的落漠的神情，有意無意間的嘆息，在在都激發我的好奇——雖則我那時左邊已經坐下了一個瘦的，右邊來了肥的，四條光滑的手臂不住的在我面前晃著酒杯。但更使我奇異的是她不等跳舞開始就匆匆的出去了，好像害怕或是厭惡似的。第一晚這樣，第二晚又是這樣：獨自默默的坐著，到時候又匆匆的離去。到了第三晚她再來的時候我再也忍不住不想法接近她。第一次得著的回音，雖則是「多謝好意，我再不願交友」的一個拒絕，只是加深了我的同情的好奇。我再不能放過她。巴黎的好處就在處處近人情；愛慕的自由是永遠容許的。你見誰愛慕誰想接近誰，絕不是犯罪，除非你在經程中泄漏了你的粗氣暴氣，陋相或是貧相，那不是文明的巴黎人所能容忍的。只要你「識相」，上海人說的，什麼可能的機會你都可以利用。對方人理你不理你，當然又是一回事；但只要你的步驟對，文明的巴黎人絕不讓你難堪。

我不能放過她。第二次我大膽寫了個字條付中間人——店主人——交去。我心裡直怔怔的怕討沒趣。可是回話來了——她就走了，你跟著去吧。

她果然在飯店門口等著我。

你為什麼一定要找我說話，先生，像我這再不願意有朋友的人？

她張著大眼看我，口唇微微的顫著。

我的冒昧是不望恕的，但是我看了你憂鬱的神情我足足難受了三天，也不知怎的我就想接近你，和你談一次話，如其你許我，那就是我的想望，再沒有別的意思。

真的她那眼內綻出了淚來，我話還沒說完。

想不到我的心事又叫一個異邦人看透了……她聲音都啞了。

我們在路燈的燈光下默默的互注了一晌，並著肩沿馬路走去，走不到多遠她說不能走，我就問了她的允許僱車坐上，直望波龍尼大林園清涼的暑夜裡兜去。

原來如此，難怪你聽了跳舞的音樂像是厭惡似的，但既然不願意何以每晚還去？

那是我的感情作用；我有些捨不得不去，我在巴黎一天，那是我最初遇見——他的地方，但那時候的我……可是你真的同情我的際遇嗎，先生？我快有兩個月不開口了，不瞞你說，今晚見了你我再也不能制止，我爽性說給你我的生平的始末吧，只要你不嫌。我們還是回那飯莊去罷。

你不是厭煩跳舞的音樂嗎？

她初次笑了。多齊整潔白的牙齒，在道上的幽光裡亮著！

有了你我的生氣就回覆了不少，我還怕什麼音樂？

我們倆重進飯莊去選一個基角坐下，喝完了兩瓶香檳，從十一時舞影最凌亂時談起，直到早三時客人散盡侍役打掃屋子時才起身走，我在她的可憐身世的演述中遺忘了一切，當前的歌舞再不能分我絲毫的注意。

下面是她的自述。

我是在巴黎生長的。我從小就愛讀《天方夜譚》的故事，以及當代描寫東方的文學；阿，東方，我的童真的夢魂哪一刻不在它的玫瑰園中留戀？十四歲那年我的姊姊帶我上北京去住，她在那邊開一個時式的帽鋪，有一天我看見一個小身材的中國人來買帽子，我就覺著奇怪，一來他長得異樣的清秀，二來他為什麼要來買那樣時式的女帽；到了下午一個女太太拿了方才買去的帽子來換了，我姊姊就問她那中國人是誰，她說是她的丈夫，說開了頭她就講她當初怎樣為愛他觸怒了自己的父母，結果斷絕了家庭和他結婚，但她一點也不追悔，因為她的中國丈夫待她怎樣好法，她不信西方人會得像他那樣體貼，那樣溫存。我再也忘不了她說話時滿心怡悅的笑容。從此我仰慕東方的私衷又添深了一層顏色。

我再回巴黎的時候已經長成了，我父親是最寵愛我的，我要什麼他就給我什麼。我那時就愛跳舞，阿，那些迷醉輕易的時光，巴黎那一處舞場上不見我的舞影。我的妙齡，我的顏色，我的體態，我的聰慧，尤其是我那媚人的大眼——阿，如今你見的只是悲慘的餘生再不留當時的豐韻——制定了我初期的墮落。我說墮落不是？是的，墮落，人生那處不是墮落，這社會那裡容得一個有姿色的女人保全她的清潔？我正快走入險路的時候，我那慈愛的老父早已看出我的傾向，私下安排了一個機會，叫我與一個有爵位的英國人接近。一個十七歲的女子那有什麼主意，在兩個月內我就做了新娘。

說起那四年結婚的生活，我也不應得過分的抱怨，但我們歐洲的勢利的社會實在是樹心裡生了蠹，我怕再沒有回覆健康的希望。我到倫敦去做貴婦人時我還是個天真的孩子，那有什麼機心，那懂得虛偽的卑鄙的人間的底裡，我又是個外國人，到處遭受嫉忌與批評。還有我那叫名的丈夫。他娶我究竟為什麼動機我始終不明白，許貪我年輕貪我貌美帶回家去廣告他自己的手段，因為真的我不曾感著他一息的真情；新婚不到幾時他就對我冷淡了，其實他就沒有熱過，碰巧我是個傻孩子，一天不聽著一半句軟語，不受些溫柔的憐惜，到晚上我就不自制的悲傷。他有的是錢，有的是趨奉諂媚，成天在外打獵作樂，我愁了不來慰我，我病了不來問我，連著三年抑鬱的生涯完全消滅了我原來活潑快樂的天機，到第四年實在耽不住了，我與他吵一場回巴黎再見我父親的時候，他幾乎不認識我了。我自此就永別了我的英國丈夫。因為雖則實際的離婚手續在他方面到前年方始辦理，他從我走了後也就不再來顧問我——這算是歐洲人夫妻的情分！

我從倫敦回到巴黎，就比久困的雀兒重複飛回了林中，眼內又有了笑，臉上又添了春色，不但身體好多，就連童年時的種種想望又在我心頭活了回來。三四年結婚的經驗更叫我厭惡西歐，更叫我神往東方。東方，阿，浪漫的多情的東方！我心裡常常的懷唸著。有一晚，那一個運定的晚上，我就在這屋子內見著了他，與今晚一樣的歌聲，一樣的舞影，想起還不就是昨天，多飛快的光陰，就可憐我一個單薄的女子，無端叫運神擺佈，在情網裡顛連，在經驗的苦海裡沉淪，朋友，我自分是已經埋葬了的活人，你何苦又來逼著我把往事崛起，我的話是簡短的，但我身受的苦惱，朋友，你信我，是不可量的；你望我的眼裡看，憑著你的同情你可以在剎那間領會我靈魂的真際！

他是菲利濱（即菲律賓。）人，也不知怎的我初次見面就迷了他。他膚色是深黃的，但他的性情是不可信的溫柔；他身材是短的，但他的私語有多叫人魂銷的魔力？阿，我到如今還不能怨他；我愛他太深，我愛他太真，我如何能一刻忘他，雖則他到後來也是一樣的薄情，一樣的冷酷。你不倦麼，朋友，等我講給你聽？

我自從認識了他我便傾注給他我滿懷的柔情，我想他，那負心的他，也夠他的享受，那三個月神仙似的生活！我們差不多每晚在此聚會的。祕談是他與我，歡舞是他與我，人間再有更甜美的經驗嗎？朋友你知道痴心人赤心愛戀的瘋狂嗎？因為不僅滿足了我私心的想望，我十多年夢魂繚繞的東方理想的實現。有他我什麼都有了，此外我更有什麼沾戀？因此等到我家裡為這事情與我開始交涉的時候，我更不躊躇的與我生身的父母根本決絕。我此時又想起了我垂髫時在北京見著的那個嫁中國人的女子，她與我一樣也為了痴情犧牲一切，我只希冀她這時還能保持著她那純愛的生活，不比我這失運人成天在幻滅的辛辣中回味。

我愛定了他。他是在巴黎求學的，不是貴族，也不是富人，那更使我放心，因為我早年的經驗使我迷信真愛情是窮人才能供給的。誰知他騙了我——他家裡也是有錢的，那時我在熱戀中拋棄了家，犧牲了名譽，跟了這黃臉人離卻巴黎，辭別歐洲，經過一個月的海程，我就到了我理想的燦爛的東方。阿，我那時的希望與快樂！但才出了紅海，他就上了心事，經我再三的逼他才告訴他家裡的實情，他父親是菲利濱最有錢的土著，性情是極嚴厲的，他怕輕易不能收受我進他們的家庭。我真不願意把此後可憐的身世煩你的聽，朋友，但那才是我痴心人的結果，你耐心聽著吧！

東方，東方才是我的煩惱！我這回投進了一個更陌生的社會，呼吸更沉悶的空氣；

他們自己中間也許有他們溫軟的人情，但輪著我的卻一樣還只是猜忌與譏刻，更不容情的刺襲我的孤獨的性靈。果然他的家庭不容我進門，把我看作一個「巴黎淌來的可疑的婦人」。我為愛他也不知忍受了多少不可忍的侮辱，吞了多少悲淚，但我自慰的是他對我不變的恩情。因為在初到的一時他還是不時來慰我——我獨自賃屋住著。但慢慢的也不知是人言浸潤還是他原來愛我不深，他竟然表示割絕我的意思。朋友，試想我這孤身女子犧牲了一切為的還不是他的愛，如今連他都離了我，那我更有什麼生機？我怎的始終不曾自毀，我至今還不信，因為我那時真的是沒路走了。我又沒有錢，他狠心丟了我，我如何能再去纏他，這也許是我們白種人的倔強，我不久便揩乾了眼淚，出門去自尋活路。我在一個菲美合種人的家裡尋得了一個保姆的職務；天幸我生性是耐煩領小孩的——我在倫敦的日子沒孩子管我就養貓弄狗——救活我的是那三五個活靈的孩子，黑頭髮短手指的乖乖。在那炎熱的島上我是過了兩年沒顏色的生活，得了一次凶險的熱病，從此我面上再不存青年期的光彩。我的心境正稍稍回覆平衡的時候兩件不幸的事情又臨著了我：一件是我那他與另一女子的結婚，這消息使我昏絕了過去，一件是被我棄絕的慈父也不知怎的問得了我的蹤跡來電說他老病快死要我回去。阿，天罰我！等我趕回巴黎的時候正好趕著與老人訣別，懺悔我先前的造孽！

從此我在人間還有什麼意趣？我只是個實體的鬼影，活動的屍體；我的心也早就死了，再也不起波瀾；在初次失望的時候我想像中還有個遼遠的東方，但如今東方只在我的心上留下一個鮮明的新傷，我更有什麼希冀，更有什麼心情？但我每晚還是不自主的到這飯店裡來小坐，正如死去的鬼魂忘不了他的老家！我這一生的經驗本不想再向人前吐露的，誰知又碰著了你，苦苦的追著我，逼我再一度撩撥死盡的火灰，這來你夠明白了，為什麼我老是這落漠的神情，我猜你也是過路的客人，我深深自幸又接近一次人情的溫慰，但我不敢希望什麼，我的心是死定了的，時候也不早了，你看方才舞影凌亂的地板上現在只剩一片冷淡的燈光，侍役們已經收拾乾淨，我們也該走了，再會吧，多情的朋友！

二、「先生，你見過豔麗的肉沒有？」

我在巴黎時常去看一個朋友，他是一個畫家，住在一條老聞著魚腥的小街底頭一所老屋子的頂上一個 A 字式的尖閣裡，光線暗慘得怕人，白天就靠兩塊日光胰子大小的玻璃窗給裝裝幌，反正住的人不嫌就得，他是照例不過正午不起身，不近天亮不上床的一位先生，下午他也不居家，起碼總得上燈的時候他才脫下了他的開褂露出兩條破爛的臂膀埋身在他那豔麗的垃圾窩裡開始他的工作。

豔麗的垃圾窩——它本身就是一幅妙畫！我說給你聽聽。貼牆有精窄的一條上面蓋著黑毛氈的算是他的床，在這上面就準你規規矩矩的躺著，不說起坐一定扎腦袋，就連翻身也不免冒犯斜著下來永遠不退讓的屋頂先生的身分！承著頂尖全屋子頂寬舒的部分放著他的書桌——我捏著一把汗叫它書桌，其實還用提嗎，上邊什麼法寶都有，畫冊子，稿本，黑炭，顏色盤子，爛襪子，領結，軟領子，熱水瓶子壓癟了的，燒乾了的酒精燈，電筒，各色的藥瓶，彩油瓶，髒手絹，斷頭的筆桿，沒有蓋的墨水瓶子，一柄手槍，那是瞞不過我化（花）七法郎在密歇耳大街路旁舊貨攤上換來的，照相鏡子，小手鏡，斷齒的梳子，蜜膏，晚上喝不完的咖啡杯，詳夢的小書，還有——還有可疑的小紙盒兒，凡士林一類的油膏……一隻破木板箱一頭漆著名字上面蒙著一塊灰色布的是他的梳妝臺兼書架，一個洋瓷面盆半盆的胰子水似乎都叫一部舊板的盧騷集子給饕了去，一頂便帽套在洋瓷長提壺的耳柄上，從袋底裡倒出來的小銅錢錯落的散著像是土耳其人的符咒，幾隻稀小的爛蘋果圍著一條破香蕉像是一群大學教授們圍著一個教育次長索薪……

壁上看得更斑斕了：這是我頂得意的一張龐那（通譯波納爾（1867-1947），法國畫家。）的底稿當廢紙買來的，這是我臨蒙內（通譯馬奈（1832-1883），法國畫家，印象派創始人之一。）的裸體，不十分行，我來撩起燈罩你可以看清楚一點，草色太濃了，那膝都畫壞了。這一小幅更名貴，你認是誰，羅丹的！那是我前年最大的運氣，也算是錯來的，老巴黎就是這點子便宜，挨了半年八個月的餓不要緊，只要有機會撈著真東西，這還不值得！那邊一張擠在兩幅油畫縫裡的，你見了沒有，也是有來歷的，那是我前年趁馬克倒楣路過佛蘭克福德（通澤法蘭克福，德國城市，這句話裡提到的「馬克倒楣」，是指當時德國貨幣馬克的貶值。）時夾手搶來的，是真的孟爾（通譯蒙克（1863-1944），挪威畫家，曾居住德國。）都難說，就差糊了一點，現在你給三千法郎我都不賣，加倍再加倍都值，你信不信？再看那一長條……在他那手指東點西的賣弄他的家珍的時候，你竟會忘了你站著的地方是不夠六尺闊的一間閣樓，倒像跨在你頭頂那兩爿斜著下來的屋頂也順著他那藝術談法術似的隱了去，露出一個爽愷的高天，壁上的疙瘩，壁蟢窠，霉塊，釘疤，全化成了哥羅（通譯柯羅（1796-1875），法國畫家。）畫幀中「飄搖欲化煙」的最美麗林樹與輕快的流澗；桌上的破領帶及手絹爛香蕉臭襪子等等也全變形成戴大闊邊稻草帽的牧童們，偎著樹打盹的，牽著牛在澗裡喝水的，手反襯著腦袋放平在青草地上瞪眼看天的，斜眼溜著那邊走進來的娘們手按著音腔吹橫笛的——可不是那邊來了一群娘們，全是年歲青青的，露著胸膛，散著頭髮，還有光著白腿的在青草地上跳著來了？……！小心扎腦袋，這屋子真扁紐，你出什麼神來了？想著你的 Bel Ami（這個法國詞組有誤，應為 Bon Ami（好朋友），或 Belle Amie（漂亮的女朋友），從文中意思看似指後者。）對不對？你到巴黎快半個月，該早有落兒了，這年頭收成真容易——嘸，太容易了！誰說巴黎不是理想的地獄？你吸菸斗嗎？這兒有自來火。對不起，屋子裡除了床，就是那張彈簧早經追悼過了的沙發，你坐坐吧，給你一個墊子，這是全屋子頂溫柔的一樣東西。

不錯，那沙發，這閣樓上要沒有那張沙發，主人的風格就落了一個極重要的原素。說它肚子裡的彈簧完全沒了勁，在主人說是太謙，在我說是簡直汙蔑了它。因為分明有一部分內簧是不曾死透的，那在正中間，看來倒像是一座分水嶺，左右都是往下傾的，我初坐下時不提防它還有彈力，倒叫我駭了一下；靠手的套布可真是全霉了，露著黑黑黃黃不知是什麼貨色，活像主人襯衫的袖子。我正落了坐，他咬了咬嘴唇翻一翻眼珠微微的笑了。笑什麼了你？我笑——你坐上沙發那樣兒叫我想起愛菱。愛菱是誰？她呀——她是我第一個模特兒兒。模特兒兒？你的？你的破房子還有模特兒兒，你這窮鬼化得起……別急，究竟是中國初來的，聽了模特兒兒就這樣的起勁，看你那脖子都上了紅印了！本來不算事，當然，可是我說像你這樣的破雞棚……破雞棚便怎麼樣，耶穌生在馬號裡的，安琪兒們都在馬矢裡跪著禮拜哪！別忙，好朋友，我講你聽。如其巴黎人有一個好處，他就是不勢利！中國人頂糟了，這一點；窮人有窮人的勢利，闊人有闊人的勢利，半不闌珊的有半不闌珊的勢利——那才是半開化，才是野蠻！你看像我這樣子，頭髮像刺猬，八九天不刮的破鬍子，半年不收拾的髒衣服，鞋帶扣不上的皮鞋——要在中國，誰不叫我外國叫化子，那配進北京飯店一類的勢利場；可是在巴黎，我就這樣兒隨便問那一個衣服頂漂亮脖子搽得頂香的娘們跳舞，十回就有九回成，你信不信？至於模特兒，那更不成話，那有在巴黎學美術的，不論多窮，一年裡不換十來個眼珠亮亮的來坐樣兒？屋子破更算什麼？波希民（即波希米亞人。）的生活就是這樣，按你說模特兒兒就不該坐壞沙發，你得準備杏黃貢緞繡丹鳳朝陽做墊的太師椅請她坐你才安心對不對？再說……

別再說了！算我少見世面，算我是鄉下老憊，得了；可是說起模特兒，我倒有點好奇，你何妨講些經驗給我長長見識？有真好的沒有？我們在美術院裡見著的什麼維納絲得米羅（通譯米羅的維納斯（Venus de Milo），米羅是義大利的一個島嶼。）維納絲梅第妻（通譯維納斯梅迪西（Venus Medici），梅迪西是義大利的愛神。）還有鐵青（通譯提香（1490-1576），義大利文藝復興時期威尼斯派畫家。）的，魯班師（通譯魯本斯（1577-1640），佛蘭德斯畫家。）的，鮑第千里（通譯波提切利（1445-1510），義大利文藝復興盛期畫家。）的，丁稻來篤（通譯丁托列托（1518-1594），義大利文藝復興後期威尼斯畫派重要畫家。）的，箕奧其安內（通譯喬爾喬涅（1477-1510），義大利畫家，架上繪畫的先行者，抒情詩人。）的裸體實在是太美，太理想，太不可能，太不可思議？反面說，新派的比如雪尼約克（通譯西涅克（1863-1935），法國畫家。新印象主義的代表人物之一。）的，瑪提斯（通譯馬蒂斯（1869-1954），法國畫家。）的，塞尚的，高耿（通譯高更（1848-1903），法國畫家。）的，弗朗刺馬克（通譯弗朗茨馬克（1880-1916），德國畫家。）的，又是太醜，太損，太不像人，一樣的太不可能，太不可思議。人體美，究竟怎麼一回事？我們不幸生長在中國女人衣服一直穿到下巴底下腰身與後部看不出多大分別的世界裡，實在是太矇昧無知，太不開眼。可是再說呢，東方人也許根本就不該叫人開眼的，你看過約翰巴裡士（通譯約翰·貝勒斯（1654-1725），英國教育思想家。）那本沙揚娜拉沒有，他那一段形容一個日本裸體舞女——就是一張臉子粉搽得像棺材裡爬起來的顏色，此外耳朵以後下巴以下就比如一節蒸不透的珍珠米！——看了真叫人噁心。你們學美術的才有第一手的經驗，我倒是……

你倒是真有點羨慕，對不對？不怪你，人總是人。不瞞你說，我學畫畫原來的動機也就是這點子對人體祕密的好奇。你說我窮相，不錯，我真是窮，飯都吃不出，衣都穿不全，可是模特兒兒——我怎麼也省不了。這對人體美的欣賞在我已經成了一種生理的要求，必要的奢侈，不可擺脫的嗜好；我寧可少吃儉穿，省下幾個法郎來多雇幾個模特兒兒。你簡直可以說我是著了迷，成了病，發了瘋，愛說什麼就什麼，我都承認——我就不能一天沒有一個精光的女人躺在我的面前供養，安慰，餵飽我的「眼淫」。當初羅丹我猜也一定與我一樣的狼狽，據說他那房子裡老是有剝光了的女人，也不為坐樣兒，單看她們日常生活「實際的」多變化的姿態——他是一個牧羊人，成天看著一群剝了毛皮的馴羊！魯班師那位窮凶極惡的大手筆，說是常難為他太太做模特兒，結果因為他成天不斷的畫他太太竟許連穿褲子的空兒都難得有！但如果這話是真的魯班師還是太傻，難怪他那畫裡的女人都是這剝白豬似的單調，少變化；美的分配在人體上是極神祕的一個現象，我不信有理想的全材，不論男女我想幾乎是不可能的；上帝拿著一把顏色望地面上撒，玫瑰、羅蘭、石榴、玉簪、剪秋羅，各樣都沾到了一種或幾種的彩澤，但決沒有一種花包涵所有可能的色調的，那如其有，按理論講，豈不是又得回覆了沒顏色的本相？人體美也是這樣的，有的美在胸部，有的腰部，有的下部，有的頭髮，有的手，有的腳踝，那不可理解的骨骼，筋肉，肌理的會合，形成各各不同的線條，色調的變化，皮面的漲度，毛管的分配，天然的姿態，不可制止的表情——也得你不怕麻煩細心體會發見去，上帝沒有這樣便宜你的事情，他絕不給你一個具體的絕對美，如果有我們所有藝術的努力就沒了意義；巧妙就在你明知這山裡有金子，可是在那一點你得自己下工夫去找。阿！說起這藝術家審美的本能，我真要閉著眼感謝上帝——要不是它，豈不是所有人體的美，說窄一點，都變了古長安道上歷代帝王的墓窟，全叫一層或幾層薄薄的衣服給埋沒了！回頭我給你看我那張破床底下有一本寶貝，我這十年血汗辛苦的成績——千把張的人體臨摹，而且十分之九是在這間破雞棚裡鉤下的，別看低我這張彈簧早經追悼了的沙發，這上面落坐過至少一二百個當得起美字的女人！別提專門做模特兒兒的，巴黎那一個不知道俺家黃臉什麼，那不算稀奇，我自負的是我獨到的發見：一半因為看多了緣故，女人肉的引誘在我差不多完全消滅在美的欣賞裡面，結果在我這雙「淫眼」看來，一絲不掛的女人就同紫霞宮裡翻出來的屍首穿得重重密密的搖不動我的性慾，反面說當真穿著得極整齊的女人，不論她在人堆裡站著，在路上走著，只要我的眼到，她的衣服的障礙就無形的消滅，正如老練的礦師一瞥就認出礦苗，我這美術本能也是一瞥就認出「美苗」，一百次裡錯不了一次；每回發見了可能的時候，我就非想法找到她剝光了她叫我看個滿意不成，上帝保佑這文明的巴黎，我失望的時候真難得有！我記得有一次在戲院子看著了一個貴婦人，實在沒法想（我當然試來）我那難受就不用提了，比發瘧疾還難受——她那特長分明是在小腹與……

　　夠了夠了！我倒叫你說得心癢癢的。人體美！這門學問，這門福氣，我們不幸生長在東方誰有機會研究享受過來？可是我既然到了巴黎，又幸氣碰著你，我倒真想叨你的光開開我的眼，你得替我想法，要找在你這宏富的經驗中比較最貼近理想的一個看看……

　　你又錯了！什麼，你意思花就許巴黎的花香，人體就許巴黎的美嗎？太滅自己的威風了！別信那巴理士什麼沙揚娜拉的胡說；聽我說，正如東方的玫瑰不比西方的玫瑰差什麼香味，東方的人體在得到相當的栽培以後，也同樣不能比西方的人體差什麼美——除了天然的限度，比如骨骼的大小，皮膚的色彩。同時頂要緊的當然要你自己性靈裡有審美的活動，你得有眼睛，要不然這宇宙不論它本身多美多神奇在你還是白來的。我在巴黎苦過這十年，就為前途有一個宏願：我要張大了我這經過訓練的「淫眼」到東方去發見人體美——誰說我沒有大文章做出來？至於你要借我的光開開眼，那是最容易不過的事情，可是我想想——可惜了！有個馬達姆（馬達姆，法語 Madam 的音譯，即「太太」、「女士」。）朗灑，原先在巴黎大學當物理講師的，你看了準忘不了，現在可不在了，到倫敦去了；還有一個馬達姆薛托漾，她是遠在南邊鄉下開麵包鋪子的，她就夠打倒你所有的丁稻來篤，所有的鐵青，所有的箕奧其安內——尤其是給你這未入流看，長得太美了，她通體就看不出一根骨頭的影子，全叫匀匀的肉給隱住的，圓的，潤的，有一致節奏的，那妙是一百個哥蒂藹（哥蒂藹，通譯戈蒂埃（1811-1872），法國詩人、小說家、批評家。）也形容不全的，尤其是她那腰以下的結構，真是奇蹟！你從義大利來該見過西龍尼維納絲的殘像，就那也只能彷彿，你不知道那活的氣息的神奇，什麼大藝術天才都沒法移植到畫布上或是石塑上去的（因此我常常自己心裡辯論究竟是藝術高出自然還是自然高出藝術，我怕上帝僭先的機會畢竟比凡人多些）；不提別的單就她站在那裡你看，從小腹接樫上股那兩條交薈的弧線起直往下貫到腳著地處止，那肉的浪紋就比是——實在是無可比——你夢裡聽著的音樂：不可信的輕柔，不可信的匀淨，不可信的韻味——說粗一點，那兩股相併處的一條線直貫到底，不漏一屑的破綻，你想透過一根髮絲或是吹度一絲風息都是絕對不可能的——但同時又絕不是肥肉的黏著，那就呆了。真是夢！唉，就可惜多美一個天才偏叫一個身高六尺三寸長紅鬍子的麵包師給糟蹋了；真的這世上的因緣說來真怪，我很少看見美婦人不嫁給猴子類牛類水馬類的醜男人！但這是支話。眼前我招得到的，夠資格的也就不少——有了，方才你坐上這沙發的時候叫我想起了愛菱，也許你與她有緣分，我就為你招她去吧，我想應該可以容易招到的。可是上那兒呢？這屋子終究不是欣賞美婦人的理想背景，第一不夠開展，第二光線不夠——至少為外行人像你一類著想……我有了一個頂好的主意，你遠來客，也該獨出心裁招待你一次，好在愛菱與我特別的熟，我要她怎麼她就怎麼；暫且約定後天吧，你上午十二點到我這裡來，我們一同到芳丹薄羅（通譯楓丹白露，巴黎遠郊的一處遊覽地。）的大森林裡去，那是我常遊的地方，尤其是阿房奇石相近一帶，那邊有的是天然的地毯，這一時是自然最妖豔的日子，草青得滴得出翠來，樹綠得漲得出油來，松鼠滿地滿樹都是，也不很怕人，頂好玩的，我們決計到那一帶去祕密野餐吧——至於「開眼」的話，我包你一個百二十分的滿足，將來一定是你從歐洲帶回家最不易磨滅的一個印象！一切有我佈置去，你要是願意貢獻的話，也不用別的，就要你多買大楊梅，再帶一瓶橘子酒，一瓶綠酒，我們享半天閒福去。現在我講得也累了，我得躺一會兒，我拿我床底下那本祕本給你先揣摹揣摹……

隔一天我們從芳丹薄羅林子裡回巴黎的時候，我彷彿剛做了一個最荒唐，最豔麗，最祕密的夢。

十四年十二月二十一日

原刊1925年12月16/17/24日《晨報副刊》，收入《巴黎的鱗爪》，其第二部分又另收入《輪盤》

歐遊漫錄（選）

一、開篇

你答應了一件事，你的心裡就打上了一個結；這個結一天不解開，你的事情一天不完結，你就一天不得舒服。「不做中人不做保，一世無煩惱」，就是這個意思。誰叫我這回出來，答應了人家通訊？在西伯利亞道上我記得曾經發出過一封，但此後，約莫有個半月了，一字我不曾寄去，債是愈積愈不容易清呢，我每天每晚燃住了心裡的那個結對自己說。同時我知道國內一部分的朋友也一定覺著詫異，他們一定說：「你看出門人沒有靠得住的，他臨走的時候答應得多好，說一定隨時有信來報告行蹤，現在兩個月都快滿了，他那裡一個字都不曾寄來！」

但是朋友們，你們得知道我並不是成心叫你們失望的；我至今不寫信的緣故絕不完全是懶，雖則懶是到處少不了有他的分。當然更不是為無話可說；上帝不許！過了這許多逍遙的日子還來抱怨生活平凡。話多得很，豈止有，難處就在積滿了這一肚子的話，從那裡說起才是。這是一層；還有一個難處，在我看來更費躊躇，是這番話應該怎麼說法？假如我是一個甘脆的報館訪事員，他唯一的金科是有聞必錄，那倒好辦，只要把你一雙耳朵每天收拾乾淨，出門不要忘了帶走，輕易不許他打盹，同時一手拿著紀事冊，一手拿著「永遠尖」，外來的新聞交給耳朵，耳朵交給手，手交給筆，筆交給紙，這不就完事了不是？可惜我沒有做訪事的天賦，耳朵不夠長，手不夠快，我又太笨，思想來得奇慢的，筆下請得到的有數幾個字也都是有脾氣的，只許你去湊他們的趣，休想他們來湊你的趣；否則我要是有畫家的本事，見著那邊風景好，或是這邊人物美，立刻就可以打開本子來自描寫生，那不是心靈裡的最細沉最飄忽的消息，都有法子可以款留蹤跡，我也不怕沒有現成文章做了。

我想你們肯費工夫來看我通訊的，也不至於盼望什麼時局的新聞。莫索列尼的演說，興登堡將軍做總統，法國換內閣等等，自有你們駐歐特約通信員擔任，我這本記事冊上紙張不夠寬恕不備載了。你們也不必期望什麼出奇的事項，因為我可以私下告訴你們我這回到歐洲來並不想謀財，也不想害命，也不願意自己的腿子叫汽車壓扁或是犧牲錢包讓剪綹先生得意。不，出奇也是不會得的，本來我自己是一個平淡無奇的遊客，我眼內的歐洲也只是平淡無奇的幾個城子；假如我有話說時，也只是在這平淡無奇的經驗的範圍內平淡無奇的幾句話，再沒有別的了。

唯其因為到處是平淡無奇，我這裡下筆寫的時候就特別覺得為難。假如我有機會看得見牛鬥，一隻穿紅衣的大黃牛和一個穿紅衣的騎士拚命，千萬個看客圍著拍掌叫好的話，我要是寫下一篇「鬥牛記」，那不僅你們看的人合適，我寫的人也容易。偏偏牛鬥我看不著（聽說西班牙都禁絕了）；別說牛鬥，人鬥都難得見著，這世界分明是個和平的世界，你從這國的客棧轉運到那國的客棧見著的無非僕歐們的笑臉與笑臉的「僕歐」們——只要你小錢湊手你準看得見一路不斷的笑臉。這刻板的笑臉當然不會得促動你做文章的靈機。就這義大利人，本來是出名性子暴躁輕易就會相罵的，也分明涵養好多了；你們唸過 W.D.Howells' Venetian Life 的那段兩位江朵蠟船家吵嘴的妙文，一定以為此地來一定早晚聽得見色彩鮮豔的罵街；但是不，我來了已經有一個多月卻還一次都不曾見過暴烈的南人的例證。總之這兩月來一切的事情都像是私下說通了、不叫我聽到見到或是碰到一些異常的動靜！同時我答應做通訊的責任並不因此豁免或是減輕；我的可恨的良心天天掀著我的肘子說：「喂，趕快一點，人家等著你哪！」

尋常的遊記我是不會得寫的，也用不著我寫，這爛熟的歐洲，又不是北冰洋的尖頭或是非洲沙漠的中心，誰要你來饒舌。要我拿日記來公開我有些不願意，叫白天離魂的鬼影到大家跟前來出現似乎有些不妥當——並且老實說近來本子上記下的也不多。當作私人信札寫又如何呢？那也是一個寫法，但你心目中總得懸擬你一個相識的收信人，這又是困難，因是假如你存想你最親密的朋友，他或是她，你就有過於囉嗦的危險，同時如其你假定的朋友太生分了，你筆下就有拘束，一樣的不討好。阿！朋友們，你們的失望是定的了。方才我開頭的時候似乎多少總有幾句話說給你們聽，但是你們看我筆頭上彆扭了好半天，結果還是沒有結果。應得說什麼，我自己不知道，應得怎麼說法，我也是不知道！所以我不得不下流，不得不想法搪塞，筆頭上有什麼來我就往紙上寫，管得選擇，管得體裁，管得體面！

二、離京

我往常出門總帶著一隻裝文件的皮箱，這裡面有稿本，有日記，有信件，大都是見不得人面的。這次出門有一點特色，就是行李裡出空了祕密的累贅，甘脆的幾件衣服幾本書，誰來檢查都不怕，也不知怎的生命裡是有那種不可解的轉變，忽然間你改變了評價的標準，原來看重的這時不看重了，原來隱諱的這時也無庸隱諱了，不但皮箱裡口袋裡出一個乾淨，連你的腦子裡五臟裡本來多的是古怪的複壁夾道，現在全理一個清通，像義大利麥古龍尼似的從這頭通到那頭。這是一個痛快。做生意的館子逢到節底總結一次帳，進出算個分明，準備下一節重新來過；我們的生命裡也應得隔幾時算一次總帳，賺錢也好，虧本也好，老是沒頭沒腦的窩著堆著總不是道理。好在生意忙的時期也不長，就是中間一段交易複雜些，小孩子時代不會做買賣，老了的時候想做買賣沒有人要，就這約莫二十歲到四十歲的二十年間的確是麻煩的，隨你怎樣認真記帳總免不了掛漏。還有記錯的隔壁帳、糊塗帳，吃著的坍帳、混帳，這時候好經理真不容易做！我這回離京真是爽快，真叫是「一肩行李，兩袖清風，俺就此去也！」但是不要得意，以前的帳務雖然暫時結清（那還是疑問），你店門還是開著，生意還是做著，照這樣熱鬧的市面，怕要不了一半年，尊駕的帳目又該是一塌糊塗了！

三、旅伴

西班牙有一個俗諺，大旨是「一人不是伴，兩人正是伴，三數便成群，滿四就是亂」。這旅行，尤其是長途的旅行，選伴是一樁極重要的事情。我的理論，我的經驗，都使我無條件的主張獨遊主義——是說把遊歷本身看做目的。同樣一個地方你獨身來看，與結伴來看所得的結果就不同。理想的同伴（比如你的愛妻或是愛友或是愛什麼）當然有，但與其冒險不如意同伴的懊悵，不如立定主意獨身走來得妥當。反正近代的旅行其實是太簡單容易了，尤其是歐洲，啞巴瞎子聾子傻瓜都不妨放膽去旅行，只要你認識字，會得做手勢，口袋裡有錢，你就不會丟。

我這次本來已經約定了同伴，那位先生高明極了，他在西伯利亞打過幾年仗，紅黨白黨（據他自己說）都是他的朋友，會說俄國話，氣力又大，跟他同走一定吃不了虧。可是我心裡明白，天下沒有無條件的便宜，況且軍官大爺不是容易伺候的，回頭他發現假定的「絕對服從」有漏孔時他就對著這無抵抗的弱者發威，那可不是玩！這樣一想我覺得還是獨身去西伯利亞冒險，比較的不可怖些。說也巧，那位先生在路上發現他的公事還不曾了結，至少須延遲一星期動身，我就趁機會告辭，一溜煙先自跑了！

同時在車上我已經結識了兩個旅伴：一位是德國人，做帽子生意的，他的臉子，他的腦袋，他的肚子都一致聲明他絕不是別一國人。他可沒有日耳曼人往常的鎮定，在他那一雙閃爍的小眼睛裡你可以看出他一天害怕與提防危險的時候多，自有主見的時候少。他的鼻子不消說完全是叫啤酒與酒精薰糟了的，皮裡的青筋全都糾盤的拱著活像一隻霽紅碎瓷的鼻煙壺。他常常替他自己發現著急的原因，不是擔憂他的護照少了一種簽字，便是害怕俄國人要充公他新做的襯衫。他唸過他的叔本華；每次不論講什麼問題他的結句總是「到不錯，叔本華也是這麼說的！」

還有一個更有趣的旅伴在車上結識的是義大利人。他也是在東方做帽子生意的。如其那位德國先生滿腦子裝著香腸啤酒與叔本華的，我見了不由得不起敬，這位臘丁族的朋友我簡直的愛他了。我初次見他，猜他是個大學教授，第二次見他猜他是開礦的，到最後才知道他也是賣帽子給我們的，我與他談得投機極了，他有的是諧趣，書也看得不少，見解也不平常。像這種無意中的旅伴是很難得的，我一途來不覺著寂寞就幸虧有他，我到了還與他通信。你們都見過大學眼藥的廣告不是？那有一點兒像我那朋友。

只是他漂亮多了，他那燒鬍是不往下掛的，修得頂整齊，又黑又濃又緊，驟看像是一塊天鵝絨，他的眼最表示他頭腦的敏銳，他的兩頰是鮮楊梅似的紅，益發激起他白的膚色與漆黑的發。他最愛念的書是 Don Quixote Ariosto 是他的癖好，丹德（通譯但丁（1265-1321），義大利詩人，著有《神曲》等。本書中多處地方的「丹德」即是「但丁」，後文不再一一指明。）當然更是他從小的陪伴。

四、西伯利亞

一個人到一個不曾去過的地方不免有種種的揣測，有時甚至害怕，我們不很敢到死的境界去旅行也就如此。西伯利亞：這個地名本來就容易使人發生荒涼的聯想，何況現在又變了有色彩的去處，再加謠傳，附會，外國存心誣衊蘇俄的報告，結果在一般人的心目中這條平坦的通道竟變了不可測的畏途。其實這都是沒有根據的。西伯利亞的交通照我這次的經驗看並不怎樣比旁的地方麻煩，實際上那邊每星期五從赤塔開到莫斯科（每星期三自莫至赤）的特快雖則是七八天的長途車，竟不曾耽誤時刻，那在中國就是很難得的了，你們從北京到滿洲里，從滿洲里到赤塔，盡可以坐二等車，但從赤塔到俄京那一星期的路程我勸你們不必省這幾十塊錢（不到五十），因為那國際車真是舒服，聽說戰前連洗澡都有設備的，比普通車位差太遠了，坐長途火車是頂累人不過的，像我自己就有些暈車，所以有可以節省精力的地方還是多破費些錢來得上算，固然坐上了國際車你的同道只是體面的英美德法人；你如其要參預俄國人的生活時不妨去坐普通車，那就熱鬧了，男女不分的，小孩是常有的，工廠裡四張床位，除了各人的行李以外，有的是你意想不到的佈置。我說給你們聽聽：洋磁面盆，小木坐凳，小孩坐車，各式藥瓶，洋油鍋子，煎咖啡鐵罐，牛奶瓶，酒瓶，小兒玩具，晾濕衣服繩子，滿地的報紙，亂紙，花生殼，向日葵子殼，痰唾，果子皮，雞子殼，麵包屑……房間裡的味道也就不消細說。你們自己可以想像，老實說我有點受不住，但是俄國人自會作他們的樂，往往在一團氤氳（當然大家都吸菸）的中間，說笑的自說笑，唱歌的自唱歌，看書的看書，磕睡的磕睡，同時玻璃上的蒸氣全結成了冰屑，車外只是白茫茫的一片，靜悄悄的莫有聲息，偶爾在樹林的邊沿看得見幾處木板造成的小屋，屋頂透露著一縷青灰色的煙痕，報告這荒涼境地裡的人跡。

吃飯一路上都有餐車，但不見佳而且貴，願意省錢的可以到站時下去隨便買些食物充饑，這一路每站上都有一兩間小木屋（要不然就是幾位老太太站在露天提著籃端著瓶子做生意）賣雜物的：麵包，牛奶，生雞蛋，薰魚、蘋果都是平常買得到的（記著我過路的時候是三月，滿地還是冰雪，解凍的時候東西一定更多）。

我動身前有人警告我說：「蘇俄的忌諱多的很，你得留神；上次有幾個美國人在餐車裡大聲叫僕歐（應得叫 Comrade 康姆拉特，意思是朋友同志或夥計）叫他們一腳踢下車去死活不知下落，你這回可小心！」那是不是神話我不曾有工夫去考據；但為叫一聲僕歐就得受死刑（蘇州人說的「路倒屍」）我看來有些不像，實際上出門莫談政治，倒是真的，尤其在革命未定的國家，關於蘇俄我下面再講。我們餐車的幾位康姆拉特都是頂年輕的，其中有一位實在不很講究禮節，他每回來招呼吃飯，就像是上官發命令，斜瞟著一雙眼，使動著一個不耐煩的指頭，舌尖上滾出幾個鐵質的字音，嘭的關上你的房門，他又到間壁去發命令了！他是中等身材，胸背是頂寬的，穿一身水色的制服，肩上放一塊擦桌白布，走路像疾風似的有勁；但最有意思的是他的腦袋，橢圓的臉盤，扁平的前額上斜撩著一兩卷短髮，眼睛不大但顯示異常的決斷力，顴骨也長得高，像一個有威權的人；他每回來伺候你的神情簡直要你發抖；他不是來伺候他是來試你的膽量（我想膽子小些的客人見了他真會哭的）！他手裡有杯盤刀叉就像是半空裡下冰雪一片片直削到你的面前，叫你如何不心寒；他也不知怎的有那麼大氣，綳緊著一張臉我始終不曾見他露過些微的笑容；我也曾故意比著可笑的手勢想博他一個和善些的顧盼，誰知不行，他的臉上籠罩著西伯利亞一冬的嚴霜，輕易如何消得；真的，他那肅殺的氣概不僅是為威嚇外來的過客，因為他對他的同僚我留神觀察也並沒有更溫和的嘴臉；頂叫人不

歐遊漫錄（選）

舒服的是他那口角邊總是緊緊的咬著一枝半焦的俄國紙煙，端菜時也在那裡，說話時也在那裡，彷彿他一腔的憤慨只有永遠咬緊著牙關方可以勉強的耐著！後來看慣了倒也不覺得什麼，我可是替他題上一個確切不過的徽號，叫他做「飯車裡的拿破崙」，我那義大利朋友十二分的稱讚我，因為他那體魄，他那神氣，他的簡決，尤其是他前額上斜著的幾根小發，有時他悻悻的獨自在餐車那一頭站著，緊攢著眉頭，一隻手貼著前胸，誰說這不是拿翁再世的相兒？

五、西伯利亞（續）

西伯利亞只是人少，並不荒涼。天然的景色亦自有特色，並不單調；貝加爾湖周圍最美，烏拉爾一帶連綿的森林亦不可忘。天氣晴爽時空氣竟像是透明的，亮極了，再加地面上雪光的反映，真叫你耀眼。你們住慣城裡的難得有機會飽嘗清潔的空氣；下回你們要是路過西伯利亞或是同樣地方，千萬不要躲懶，逢站停車時，不論天氣怎樣冷，總是下去散步，借冰清尖銳的氣流洗淨你惡濁的肺胃，那真是一個快樂。不僅你的鼻孔，就是你面上與頸根上露在外面的毛孔，都受著最甜美的洗禮，給你倦懶的性靈一劑絕烈的刺戟，給你鬆散的筋肉一個有力的約束，激盪你的志氣，加添你的生命。

再有你們過西伯利亞時記著，不要忙吃晚飯，犧牲最柔媚的晚景。雪地上的陽光有時幻成最嬌嫩的彩色，尤其是夕陽西漸時，最普通是銀紅，有時鵝黃稍帶綠暈。四年前我游小瑞士時初次發現雪地裡光彩的變幻，這回過西伯利亞著得更滿意；你們試想像晚風靜定時在一片雪白平原上，疏玲玲的大樹間，斜刺裡平添出幾大條鮮豔的綵帶，是幻是真，是真是幻，那妙趣到你親身經歷時從容的辨認吧。

但我此時卻不來複寫我當時的印象，那太吃苦了，你們知道這逼緊了你的記憶召回早已消散了的景色，再得應用想像的光輝照出他們顏色的深淺，是一件極傷身的工作，比發寒熱時出汗還凶。並且這來碰著記不清的地方你就得憑空造，那你們又不願意了是不是？好，我想出了一個簡便的辦法；我這本記事冊的前面有幾頁當時隨興塗下的雜記，我就借用不是省事，就可惜我做事情總沒有常性，什麼都只是片段，那幾段瑣記又是在車上用鉛筆寫的英文，十個字裡至少有五個字不認識，現在要來對號，真不易！我來試試。

（1）西伯利亞並不壞，天是藍的，日光是鮮明的，暖和的，地上薄薄的鋪著白雪，矮樹、叢草、白皮鬆，到處看得見。稀稀的住人的木房子。

（2）方才過一站，下去走了一走，頂暖和。一個十歲左右賣牛奶的小姑娘手裡拿瓶子賣鮮牛奶給我們。她有一隻小圓臉，一雙聰明的藍眼，白淨的皮膚，清秀有表情的面目。她腳上的套鞋像是一對張著大口的黃魚，她的袜子也是古怪的樣子，我的朋友給她一個半盧布的銀幣，她的小眼睛滾上幾滾，接了過去仔細的查看，她開口問了，她要知道這錢是不是真的通用的銀幣；「好的，好的，自然好的！」旁邊站著看的人（俄國車站上多的是閒人）一齊喊了。她露出一點子的笑容，把錢放進了口袋，一瓶牛奶交給客人，翻著小眼對我們望望，轉身快快的跑了去。

（3）入境愈深，當地人民的苦況益發的明顯。今天我在赤塔站上留心的看，襤褸的小孩子，從三四歲到五六歲，在站上問客人討錢，並且也不是客氣的討法，似乎他們的手伸了出來絕不肯空了回去的。不但在月臺上，連站上的飯館裡都有，無數成年的男女，也不知做什麼來的，全靠著我們吃飯處的木欄，斜著他們呆頓的不移動的注視看著你蒸氣的熱湯或是你肘子邊長條的麵包。他們的樣子並不惡，也不凶，可是晦塞而且陰沉，看著他們的面貌你不由得不疑問這裡的人民知不知道什麼是自然的喜悅的笑容。笑他們當然是會得的，尤其是狂笑，當他們受足了 Vodka 的影響，但那時的笑是不自然的，表示他們的變態，不是上帝給我們的喜悅。這西伯利亞的土人，與其說是受一個有自制力的腦府支配的人的身體，不如說是一捆捆的原始的人道，裝在破爛的黑色或深黃色的布袖與奇大的氈鞋裡，他們行動，他們工作，無非是受他們內在的餓的力量所驅使，再沒有別的可說了。

（4）在 Irkutsk 車停一時許，他們全下去走路，天早已黑了，站內的光亮只是幾隻貼壁的油燈，我們本想出站，卻反經過一條夾道走進了那普通待車室，在昏迷的燈光下辨認出一屋子黑魆魆的人群，那景像我再也忘不了，尤其是那氣味！悲憫心禁止我盡情的描寫；丹德假如到此地來過，他的地獄裡一定另添一番色彩！對面街上有一山東人開著一家小煙鋪，他說他來了二十年，積下的錢還不夠他回家。

（5）俄國人的生活我還是懂不得。店鋪子窗戶裡放著的各式物品是容易認識的，但管鋪子做生意的那個人，頭上戴著厚氈帽，臉上滿長著黃色的細毛，是一個不可捉摸的生靈；拉車的馬甚至那奇形的雪橇是可以領會的，但那趕車的緊裹在他那異樣的袍服裡，一隻戴皮套的手揚著一根古舊的皮鞭，是一個不可思議的現象。

我怎樣來形容西伯利亞天然的美景？氣氛是晶澈的，天氣澄爽時的天藍是我們在灰沙裡過日子的所不能想像的異景。森林是這裡的特色：連綿、深厚、嚴肅，有宗教的意味，西伯利亞的林木都是直幹的；不問是松、是白楊、是青松或是灌木類的矮樹叢，每株樹的尖頂總是正對著天心。白楊林最多，像是帶旗幟的軍隊，各式的軍徽奕奕的閃亮著；兵士們屏息的排列著，彷彿等候什麼嚴重的命令。松樹林也多茂盛的：干子不大，也不高，像是稚松，但長得極勻淨，像是園丁早晚修飾的盆景。不錯，這些樹的崛強的不曲性是西伯利亞，或許是俄羅斯，最明顯的特性。

——我窗外的景色極美，夕陽正從西北方斜照過來，天空，嫩藍色的，是輕敷著一層纖薄的雲氣，平望去都是齊整的樹林，嚴青的松，白亮的楊，淺棕的筆豎的青松——在這雪白的平原上形成一幅彩色融和的靜景。樹林的頂尖尤其是美，他們在這肅靜的晚景中正像是無數寺院的尖閣，排列著，對高高的藍天默禱。在這無邊的雪地裡有時也看得見住人的小屋，普通是木板造屋頂鋪瓦頗像中國房子，但也有黃或紅色磚砌的，人跡是難得看見的；這全部風景的情調是靜極了，緘默極了，倒像是一切動性的事物在這裡是不應得有位置的；你有時也看得見遲鈍的牲口在雪地的走道上慢慢的動著，但這也不像是有生活的記認……

六、莫斯科

阿，莫斯科！曾經多少變亂的大城！羅馬是一個破爛的舊夢，愛尋夢的你去；紐約是 Mammon 的宮闕，拜金錢的你去；巴黎是一個肉豔的大坑，愛荒淫的你去；倫敦是一個煤煙的市場，慕文明的你去。但莫斯科？這裡沒有光榮的古蹟，有的是血汙的近跡；這裡沒有繁華的幻景，有的是斑駁的寺院；這裡沒有和暖的陽光，有的是泥濘的市街；這裡沒有人道的喜色，有的是偉大的恐怖與黑暗、慘酷、虛無的暗示，暗森森的雀山，你站著，半凍的莫斯科河，你流著。在前途二十個世紀的漫遊中，莫斯科，是領路的南針，在未來文明變化的經程中，莫斯科是時代的象徵，古羅馬的牌坊是在殘闕的簡頁中，是在破碎的亂石間；未來莫斯科的牌坊是在文明的骸骨間，是在人類鮮豔的血肉間。莫斯科，集中你那偉大的破壞的天才，一手拿著火種，一手拿著殺人的刀，趁早完成你的工作，好叫千百年後奴性的人類的子孫，多多的來，不斷的來，像他們現在去羅馬一樣，到這暗森森的雀山的邊沿，朝拜你的牌坊，紀念你的勞工，謳歌你的不朽！

這是我第一天到莫斯科在 kremlin 周圍散步時心頭湧起雜感的一斑，那天車到時是早上六時，上一天路過的森林，大概在 Vladimir 一帶，多半是叫幾年來戰爭摧殘了的，幾百年的古松只存下燒燬或剔殘的余骸縱橫在雪地裡，這底下更不知掩蓋多少殘毀的人體，凍結著多少鮮紅的熱血，溝塹也有可辨認的，雖則不甚分明，多謝這年年的白雪，他來填平地上的邱壑，掩護人類的暴跡，省得傷感派的詞客多費推敲，但這點子戰場的痕跡，引起過路人驚心的標記，在將到莫斯科以前的確是一個切題的引子，你一路來穿度這西伯利亞白茫茫人跡希有的廣漠，偶爾在這裡那裡看到俄國人的生活，艱難、緘默、忍耐的生活；你也看了這邊地勢的特性，貝加爾湖邊雄踞的山嶺，烏拉爾東西博大的嚴肅的森林，你也嘗著了這裡空氣異常的凜冽與尖銳，像鋼絲似的直透你的氣管，逼迫你的清醒——你的思想應得經受一番有力的洗刷，你的神經受一種新奇的戟刺，你從貴國帶來的靈性，叫怠惰、苟且、頑固、齷齪，與種種墮落的習慣束縛、壓迫、淤塞住的，應得感受一些解放的動力，你的功名心、利慾、色業翳蒙了眸子也應得覺著一點新來的清爽，叫他們睜開一些，張大一些，前途有得看，應得看的東西多著，即使不是你靈魂絕對的滋養，至少是一帖興奮劑，防磕睡的強烈性注射！

因此警醒！你的心；開張！你的眼；——你到了俄國，你到了莫斯科，這巴爾的克海以東，白令峽以西，北冰洋以南，尼也帕河以北千萬里雪蓋的地圈內一座著火的血紅的大城！

在這大火中最先燒爛的是原來的俄國，專制的，貴族的，奢侈的，淫靡的，ancien regimv 全沒了，曳長裙的貴婦人，鑲金的馬車，獻鼻煙壺的朝貴，獵裝的世家子弟全沒了，托爾斯泰與屠及尼夫小說中的社會全沒了——他們並不曾絕跡，在巴黎，在波蘭，在紐約，在羅馬你倘然會見什麼伯爵夫人什麼 vsky 或是子爵夫人什麼 owner，那就是叫大火燒跑的難民，他們，提起俄國就不願意。他們會告訴你現在的俄國不是他們的國了，那是叫魔鬼占據了去的（因此安琪兒們只得逃難）！俄國的文化是蕩盡的了，現在就靠流在外國的一群人，詩人、美術家等等，勉力來代表斯拉夫的精神。如其他們與你講得投機時，他們就會對你悲慘的歷訴他們曾經怎樣的受苦，怎樣的逃難，他們本來那所大理石的莊子現在怎樣了，他們有一個妙齡的侄女在亂時叫他們怎樣了……但他們盼望日子已經很近，那班強盜倒運。因為上帝是有公道的，雖則……

你來莫斯科當然不是來看俄國的舊文化來的，但這裡卻也不定有「新文化」，那是貴國的專利；來這裡見的是什麼你聽著我講。

你先抬頭望天。青天是看不見的，空中只是迷濛的半凍的雲氣，這天（我見的）的確是一個愁容的，服喪的天；陽光也偶爾有，但也只在雲罅裡力乏的露面，不久又不見了，像是樓居的病人偶爾在窗紗間看街似的。

現在低頭看地。這三月的莫斯科街道應當受咒詛。在大寒天滿地全鋪著雪凝成一層白色的地皮也是一個道理；到了春天解放時雪全化了流入河去，露出本來的地面，也是一個說法；但這時候的天時可真是刁難了，他不給你全凍，也不給你全化，白天一暖，浮面的冰雪化成了泥濘，回頭風一轉向又凍上了，同時雨雪還是連連的下，結果這街道簡直是沒法收拾，他們也就不收拾，讓他這「一塌糊塗」的窩著，反正總有一天會乾淨的！（所以你要這時候到俄國千萬別忘帶橡皮套鞋。）

再來看街上的鋪子，鋪子是伺候主客的；瑞蚨祥的主顧全沒了的話，瑞蚨祥也只好上門；這裡漂亮的奢侈的店鋪是看不見的了，頂多頂熱鬧的鋪子是吃食店，這大概是政府經理的；但可怕的是這邊的市價：女太太的絲襪子聽說也買得到，但得化十五二十塊錢一雙，好些的鞋在四十元左右，橘子大的七毛五小的五毛一隻；我們四個人在客棧吃一頓早飯連稅共付了二十元；此外類推。

再來看街上的人，先看他們的衣著，再看他們的面目。這裡衣著的文化，自從貴族匿跡，波淇窪（bourgeois）銷聲以後，當然是「蕩盡」的了；男子的身上差不多不易見一件白色的襯衫，不必說鮮豔的領結（不帶領結的多），衣服要尋一身勉強整潔的就少；我碰著一位大學教授，他的襯衣大概就是他的寢衣，他的外套，像是一個癩毛黑狗皮統，大概就是他的被窩，頭髮是一團茅草再也看不出曾經爬梳過的痕跡，滿面滿腮的鬚毛也當然自由的滋長，我們不期望他有安全剃刀；並且這先生絕不是名流派的例外，我猜想現在在莫斯科會得到的「琴篤兒們」多少也就只這樣的體面；你要知道了他們起居生活的情形就不會覺得詫異。惠爾思先生在四五年前形容莫斯科科學館的一群科學先生們，說是活像監牢裡的犯人或是地獄裡的餓鬼。我想他的比況一點也不過分。鄉下人我沒有看見，那是我想不會怎樣離奇的，西伯利亞的鄉下人，著黃鬍子穿大頭靴子的，與俄國本土的鄉下人應得沒有多大分別。工人滿街多的是，他們在衣著上並沒有出奇的地方，只是襟上戴列寧徽章的多。小學生的遊行團常看得見，在爛汙的街心裡一群乞丐似的黑衣小孩拿著紅旗，打著皮鼓瑟東東的過去。做小買賣在街上擺攤提籃的不少，很多是殘廢的男子與老婦人，賣的是水果，煙卷，麵包，朱古律糖（吃不得）等（路旁木亭子裡賣書報處也有小吃賣）。

街上見的娘們分兩種：一種是好百姓家的太太小姐，她們穿得大都很勉強，絲襪不消說是看不見的。還有一種是共產黨的女同志，她們不同的地方除了神態舉止以外是她們頭上的紅巾或是紅帽不是巴黎的時式（紅帽），在雪泥斑駁的街道上倒是一點喜色！

什麼都是相對的：那年我與陳博生從英國到佛朗德福（佛朗德福，通譯法蘭克福。）那天正是星期，道上不問男女老小都是衣服鋪、裁縫店裡的模型，這一比他與我這風塵滿身的旅客真像是外國叫化子了！這回在莫斯科我又覺得窘，可不為穿的太壞，卻為穿的太闊；試想在那樣的市街上，在那樣的人叢中，晦氣是本色，襤褸是應分，忽然來一個戴獺皮大帽身穿海龍領（假的）的皮大氅的外客，可不是唱戲似的走了板，錯太遠了，別說我，就是我們中國學生在莫斯科的（當然除了東方大學生）也常常叫同學們眨眼說他們是「波淇窪」，因為他們身上穿的是榮昌祥或是新記的藍嗶嘰！這樣看來，改造社會是有希望的；什麼習慣都打得破，什麼標準都可以翻身。什麼思想都可以顛倒，什麼束縛都可以擺脫，什麼衣服都可以反穿……將來我們這兩腳行動厭倦了時竟不妨翻新樣叫兩隻手幫著來走，誰要再站起來就是笑話，那多好玩！

雖則嚴斂、陰霾、凝滯是寒帶上難免的氣象，但莫斯科人的神情更是分明的憂鬱，慘淡，見面時不露笑容，談話時少有精神，彷彿他們的心上都壓著一個重量似的。

這自然流露的笑容是最不可勉強的。西方人常說中國人愛笑，比他們會笑得多，實際上怎樣我不敢說，但西方人見著中國人的笑我怕不免有好多是急笑，傻笑，無謂的笑，代表一切答話的笑，猶之俄國人笑多半是 Vodka 入神經的笑，熱病的笑，瘋笑，道施妥奄夫斯基（通譯為陀思妥耶夫斯基（1821-1881），俄國作家。）的 idiot 的笑！那都不是真的喜笑，健康與快樂的表情。其實也不必莫斯科，現世界的大都會，有那幾處人們的表情是自然的？Dublin（愛爾蘭都城），聽說是快樂的，維也納聽說活潑的，但我曾經到過的只有巴黎的確可算是人間的天堂，那邊的笑臉像三月裡的花似的不倦的開著，此外就難說了。紐約、支加哥、柏林、倫敦的群眾與空氣多少叫你旁觀人不得舒服，往往使你疑心錯入了什麼精神病院或是「偏心」病院，叫你害怕，巴不得趁早告別，省得傳染。

現在莫斯科有一個希奇的現象，我想你們去過的一定注意到，就是男子抱著吃奶的小孩在街上走道，這在西歐是永遠看不見的。這是蘇維埃以來的情形。現在的法律規定一個人不得多占一間以上的屋子，聽差，老媽子，下女，奶媽，不消說，當然是沒有的了，因此年輕的夫婦，或是一同居住的男女，對於生育就得特別的謹慎，因為萬一不小心下了種的時候，在小孩能進幼稚園以前這小寶貝的負擔當然完全在父母的身上。你們姑且想想你們現在北京的，至少總有幾間屋子住，至少總有一個老媽子伺候，你們還是常嫌著這樣那樣不稱心哪！但假如有一天莫斯科的規矩行到了我們北京，那時你就得乖乖的放棄你的宅子，聽憑政府分配去住東花廳或是西花廳的那一間屋子，你同你的太太就得另做人家，桌子得自己擦，地得自己掃，飯得自己燒，衣服得自己洗，有了小東西就得自己管，有時下午你們夫妻倆想一同出去散步的話，你總不好意思把小寶貝鎖在屋子裡，結果你得帶走，你又沒錢去買推車，你又不好意思叫你太太受累（那時候你與你的太太感情會好些的，我敢預言！）結果只有老爺自己抱，但這男人抱小孩其實是看不慣，他又往往不會抱，一個「蠟燭封」在他的手裡，他不知道直著拿好還是橫著拿好；但你到了莫斯科不看慣也得看慣，到那一天臨著你自己的時候老爺你抱不慣也得抱他慣！我想果真有那一天的時候，生小孩絕不會像現在的時行，竟許山格夫人與馬利司徒博士等等比現在還得加倍的時行；但照莫斯科情形看來，未來的小安琪兒們還用不著過分的著急——也許莫斯科的父母沒有餘錢去買「法國橡皮」，也許蘇維埃政府不許父母們隨便用橡皮，我沒有打聽清楚。

你有工夫時到你的俄國朋友的住處去看看。我去了，他是一位教授。我打門進去的時候他躺在他的類似「行軍床」上看書或是編講義，他見有客人連忙跳了起來，他只是穿著一件毛絨衫，肘子胸部都快爛了，滿頭的亂發，一臉斑駁的鬍髭，他的房間像一條絲瓜，長方的，家具有一隻小木桌，一張椅子，牆壁上幾個掛衣的鉤子，他自己的床是頂著窗的，斜對面另一張床，那是他哥哥或是弟弟的，牆壁上掛著些東方的地圖，一聯倒掛的五言小字條（他到過中國知道中文的）。桌子亂散著幾本書，紙片，棋盤，筆墨等等，牆角裡有一隻酒精鍋，在那裡出氣，大約是他的飯菜，有一隻還不知兩只椅子，但你在屋子裡轉身想不碰東西不撞人已經是不易了。

這是他們有職業的現時的生活，托爾斯泰的大小姐究竟受優待些，我去拜會她了，是使館裡一位屠太太介紹的，她居然有兩間屋子，外間大些，是她教學生臨畫的，裡間大約是她自己的屋子，但她不但有書有畫，她還有一隻頂有趣的小狗，一隻頂可愛的小貓，她的情形，他們告訴我，是特別的，因為她現在還管著托爾斯泰的紀念館，我與她談了。當然談起她的父親（她今年六十），下面再提，現在是講莫斯科人的生活。

我是禮拜六清早到莫斯科，禮拜一晚上才去的，本想利用那三天工夫好好的看一看本地風光，尤其是戲。我在車上安排得好好的，上午看這樣，下午到那裡，晚上再到那裡，那曉得我的運氣真叫壞，碰巧他們中央執行委員那又死了一個要人，他的名字像是叫什麼「媽裡媽虎」——他死得我其實不見情，因為他出殯整個莫斯科就得關門當孝子，滿街上迎喪，家家掛半旗，跳舞場不跳舞，戲館不演戲，什麼都沒了，星期一又是他們的假日，所以我住了三天差不多什麼都沒看著，真氣，那位「媽裡媽虎」其實何妨遲幾天或是早幾天歸天，我的感激是沒有問題的。

所以如其你們看了這篇雜湊失望，不要完全怪我，媽裡媽虎先生至少也得負一半的責。但我也還記得起幾件事情，不妨乘興講給你們聽。

我真笨，沒有到以前，我竟以為莫斯科是一個完全新起的城子，我以為亞力山大燒拿破崙那一把火竟化上了整個莫斯科的大本錢，連 Kremlin（皇城）都烏焦了的。你們都知道拿破崙想到莫斯科去吃冰淇淋那一段熱鬧的故事，俄國人知道他會打，他們就躲著不給他打，一直誘著他深入俄境，最後給他一個空城，回頭等他在 Kremlin 躺下了休息的時候，就給他放火，東邊一把，西邊一把，鬧著玩，不但不請冰淇淋吃，連他帶去的巴黎餅乾，人吃的，馬吃的，都給燒一個精光，一面天公也跟他作對，北風一層層的吹來，雪花一片片的飛來，拿翁知道不妙，連忙下令退兵已經太遲，逃到了 Berezinz 那地方，叫哥薩克的丈八蛇矛「劫殺橫來」，幾十萬的長勝軍叫他們切菜似的留不到幾個，就只渾身爛汙泥的法蘭西大皇帝忙裡撈著一匹馬沖出了戰場逃回家去半夜裡叫門，可憐 Berezinz 河兩岸的冤鬼到如今還在那裡欷歔，這筆糊塗帳是無從算起的了！

但我在這裡重提這些舊話，並不是怕你們忘記了拿破崙，我只是提醒你們俄國人的辣手，忍心破壞的天才原是他們的種性，所以拿破崙聽見 Kremlin 冒煙的時候，連這殘忍的魔王都跳了起來——「什麼？」他說，「連他們祖宗的家院都不管了！」正是：斯拉夫民族是從不稀罕小勝仗的，要來就給你一個全軍覆沒。

莫斯科當年並不曾全毀；不但皇城還是在著，四百年前的教堂都還在著。新房子雖則不少，但這城子是舊的。我此刻想起莫斯科，我的想像幻出了一個年老退伍的軍人，戰陣的暴烈已經在他年紀裡消隱，但暴烈的遺蹟卻還明明的在著，他頰上的刃創，他頸邊的槍瘢，他的空虛的注視，他的崛強的髭鬚，都指示他曾經的生活；他的衣服也是不整齊的。但這衣著的破碎也彷彿是他人格的一部，石上的蒼苔似的，斑駁的顏色已經染蝕了岩塊本體。在這蒼老的莫斯科城內，竟不易看出新生命的消息——也許就只那新起的白宮，屋頂上飄揚著鮮豔的紅旗，在赭黃、蒼老的 **Kremlin** 城圍裡閃亮著的，會得引起你注意與疑問，疑問這新來的色彩竟然大膽的侵占了古蹟的中心，擾亂原來的調諧。這絕不是偶然，旅行人！快些擦淨你風塵睏倦了的一雙眼，仔細的來看看，竟許那看來平靜的舊城子底下，全是炸裂性的火種，留神！回頭地殼都爛成齏粉，慢說地面上的文明！

其實真到炸的時候，誰也躲不了，除非你趁早帶了寶眷逃火星上面去——但火星本身炸不炸也還是問題。這幾分鐘內大概藥線還不至於到根，我們也來趕早，不是逃，趕早來多看看這看不厭的地面。那天早上我一個人在那大教寺的平台上初次瞭望莫斯科，腳下全是滑溜的凍雪，真不易走道，我閃了一兩次，但是上帝受讚美，那莫斯科河兩岸的景色真是我不期望的眼福，要不是那石臺上要命的滑，我早已驚喜得高跳起來！方向我是素來不知道的，我只猜想，莫斯科河是東西流的，但那早上又沒有太陽，所以我連東西都辨不清，我很可惜不曾上雀山出去，學拿破崙當年，回頭望凍雪籠罩著的莫斯科，一定別有一番氣概，但我那天看著的也就不壞，留著雀山下一次再去，也許還來得及。在北京的朋友們，你們也趁早多去景山或是北海飽看我們獨有的「黃瓦連雲」的禁城，那也是一個大觀，在現在脆性的世界上，今日不知明日事，「趁早」這句話真有道理，回頭北京變了第二個圓明園，你們軟心腸的再到交民巷去訪著色相片，老綴著眉頭說不成，那不是活該！

如其北京的體面完全是靠皇帝，莫斯科的體面大半是靠上帝。你們見過希臘教的建築沒有？在中國恐怕就只哈爾濱有。那建築的特色是中間一個大葫蘆頂，有著色的，藍的多，但大多數是金色，四角上又是四個小葫蘆頂，大小的比稱很不一致，有的小得不成樣，有的與中間那個不差什麼。有的花飾繁複，受東羅馬建築的影響，但也有純白石造的，上面一個巨大的金頂比如那大教堂，別有一種樸素的宏嚴。但最奇巧的是皇城外面那個有名的老教堂，大約是十六世紀完工的；那樣子奇極了，你看了永遠忘不了，像是做了最古怪的夢；基子並不大，那是俄國皇家做禮拜的地方，所以那兒供奉與祈禱的位置也是逼仄的；頂一共有十個，排列的程式我不曾看清楚，各個的式樣與著色都不同：有的像我們南邊的十楞瓜；有的像岳傳裡嚴成方手裡拿的銅錘，有的活像一隻波羅蜜，豎在那裡，有的像一圈火蛇，一個光頭探在上面，有的像隋唐傳裡單二哥的兵器，叫什麼棗方槊是不是？總之那一堆光怪的顏色，那一堆離奇的式樣，我不但從沒有見過，簡直連夢裡都不曾見過——誰想得到波羅蜜、棗方槊都會跑到禮拜堂頂上去的！

莫斯科像一個蜂窩，大小的教堂是他的蜂房；全城共有六百多（有說八百）的教堂，說來你也不信，紐約城裡一個街角上至少有一家冰其林沙達店，莫斯科的冰其林沙達店是教堂，有的真神氣，戴著真金的頂子在半空裡賣弄，有的真寒伧，一兩間小屋子一個爛芋頭似的尖頂，擠在兩間壁幾層屋子的中間，氣都喘不過來。據說革命以來，俄國的宗教大吃虧。這幾年不但新的沒法造，舊的都沒法修，那波羅蜜做頂分教堂裡的教上，隱約的講些給我們聽，神情怪悽慘的。這情形中國人看來真想不通，宗教會得那樣有銷路，彷彿禱告比吃飯還起勁，做禮拜比做麵包還重要；到我們紹興去看看——「五家三酒店，十步九茅坑」，廟也有的，在市梢頭，在山頂上，到初一月半再會遲——那是何等的近人情，生活何等的有分稱，東西的人生觀這一比可差得太遠了！

再回到那天早上，初次觀光莫斯科，不曾開凍的莫斯科河上面蓋著雪，一條玉帶似的橫在我的腳下，河面上有不少的烏鴉在那裡尋食吃。莫斯科的烏鴉背上是灰色的，嘴與頭頸也不像平常的那樣貧相，我先看竟當是斑鳩！皇城在我的左邊，默沉沉的包圍著不少雄偉的工程，角上塔形的瞭望臺上隱隱有重裹的衛兵巡哨的影子，塔不高，但有一種凌視的威嚴，顏色更是蒼老，像是深赭色的火磚，他彷彿告訴你「我們是不怕光陰，更不怕人事變遷的，拿破崙早去了，羅曼諾夫家完了，可侖斯基（可侖斯基，通譯克倫斯基（1881-1970），俄國臨時政府總理。）跑了，列寧死了，時間的流波里多添一層血影，我的牆上加深一層蒼老。我是不怕老的。你們人類抵抵拼再流幾次熱血？」我的右手就是那大金頂的教寺；隔河望去竟像是一隻盛開的荷花池，葫蘆頂是蓮花，高梗的、低梗的、濃豔的、澹素的、軒昂的、葳蕤的——就可惜陽光不肯出來，否則那滿池的金蓮更加亮一重光輝，多放一重異彩，恐怕西王母見了都會羨慕哩！

五月二十六斐倫翠山中

七、契訶夫的墓園

詩人們在這喧愿的市街上不能不感寂寞；因此「傷時」是他們怨愫的發泄，「弔古」是他們柔情的寄託。但「傷時」是感情直接的反動：子規的清啼容易轉成夜鴞的急調，弔古卻是情緒自然的流露，想像已往的韶光，慰藉心靈的幽獨。在墓墟間，在晚風中，在山一邊，在水一角，慕古人情，懷舊光華；像是朵朵出岫的白雲，輕沾斜陽的彩色，冉冉的卷，款款的舒，風動時動風止時止。

弔古便不得不憬悟光陰的實在；隨你想像它是洶湧的洪湖，想像它是緩漸的流水，想像它是倒懸的急湍，想像它是無蹤跡的尾閭，只要你見到它那水花裡隱現著的骸骨，你就認識它那無顧戀的冷酷，它那無限量的破壞的饞欲：桑田變滄海，紅粉變枯髏，青梗變枯柴，帝國變迷夢。夢變煙，火變灰，石變砂，玫瑰變泥，一切的紛爭消納在無聲的墓窟裡……那時間人的來蹤與去跡，它那色調與波紋，便如夕照晚靄中的山嶺融成了青紫一片，是邱是壑，是林是谷，不再分明。但它那大體的輪廓卻亭亭的刻畫在天邊，給你一個最清切的辨認。這一辨認就相聯的喚起了疑問：人生究竟是什麼？你得加下你的按語，你得表示你的「觀」。陶淵明說大家在這一條水裡浮沉，總有一天浸沒在裡面，讓我今天趁南山風色好，多種一棵菊花，多喝一杯甜釀；李太白、蘇東坡、陸放翁都迴響說不錯，我們的「觀」就在這酒杯裡。古詩十九首說這一生一扯即過，不過也得過，想長生的是傻子，抓住這現在的現在儘量的享福尋快樂是真的——「不如飲美酒，被服紈與素」；曹子建望著火燒了的洛陽，免不得動感情，他對著渺渺的人生也是絕望——轉蓬離本根，飄飄隨長風，何意回飆舉，吹我入雲中，高高上無極，天路安可窮；光陰「悠悠」的神祕警覺了陳元龍：人們在世上都是無儔伴的獨客，各個，在他覺悟時，都是寂寞的靈魂；莊子也沒奈何這悠悠的光陰，他借重一個調侃的枯髏，設想另一個宇宙，那邊生的進行不再受時間的制限。

所以弔古——尤其是上墳——是中國文人的一個癖好。這癖好想是遺傳的；因為就我自己說，不僅每到一處地方愛去郊外冷落處尋墓園消遣，那墳墓的意象竟彷彿在我每一個思想的後背闌著，——單這饅形的一塊黃土在我就有無窮的意趣——更無須蔓草、涼風、白楊、青磷等等的附帶。墳的意象與死的概念當然不能差離多遠，但在我墳與死的關係卻並不密切：死彷彿有附著或有實質的一個現象，墳墓只是一個美麗的虛無，在這靜定的意境裡，光陰彷彿止息了波動，你自己的思感也收斂了震悸，那時你的性靈便可感到最純淨的慰安，你再不要什麼。還有一個原因為什麼我不愛想死，是為死的對象就是最惱人不過的生，死止是中止生，不是解決生，更不是消滅生，止是增劇生的複雜，並不清理它的糾紛。墳的意象卻不暗示你什麼對舉或比稱的實體，它沒有遠親，也沒有近鄰，它只是它，包涵一切，覆蓋一切，調融一切的一個美的虛無。

我這次到歐洲來倒像是專做清明來的；我不僅上知名的或與我有關係的墳在莫斯科上契訶夫、克魯泡德金（通譯克魯泡特金（1842-1921），俄國革命家和地理學家，無政府主義的重要代表人物之一。）的墳，在柏林上我自己兒子的墳，在楓丹薄羅上曼殊斐兒的墳，在巴黎上茶花女、哈哀內（通譯海涅（1797-1856），德國詩人、政論家。）的墳；上菩特萊（通譯波德萊爾（1821-1867），法國詩人，著有《惡之花》等。）《惡之花》的墳；上凡爾泰（通譯伏爾泰（1694-1778），法國啟蒙思想家、文學家、哲學家。）、盧騷、囂俄（通譯雨果（1802-1885），法國浪漫主義作家，人道主義的代表人物。）的墳；在羅馬上雪萊、基茨（通譯濟慈（1795-1821），英國詩人。）的墳；在翡冷翠上勃郎寧太太的墳，上密佗郎其羅、梅迪啟家的墳；日內到 Ravenna 去還得上丹德的墳，到 Assisi 上法蘭西士的墳，到 Mantua 上浮吉爾（通譯維吉爾（前 70 年 - 前 19 年），古羅馬詩人。）（Virgil）的墳，我每過不知名的墓園也往往進去留連，那時情緒不定是傷悲，不定是感觸，有風聽風，在塊塊的墓碑間且自徘徊，等斜陽淡了再計較回家。

你們下回到莫斯科去，不要貪看列寧，那無非是一個像活的死人放著做廣告的（口孽罪過！），反而忘卻一個真值得去的好所在——那是在雀山山頂下的一座有名的墓園，原先是貴族埋葬的地方，但契訶夫的三代與克魯泡德金也在裡面，我在莫斯科三天，過得異常的昏悶，但那一個向晚，在那噤寂的寺園裡，不見了莫斯科的紅塵，脫離了猶太人的怖夢，從容的懷古，默默的尋思，在他人許有更大的幸福，在我已經知足。那庵名像是 Monestiere Vinozositoh（可譯作聖貞庵），但不敢說是對的，好在容易問得。

我最不能忘情的墳山是日中神戶山上專葬僧尼那地方，一因它是依山築道，林蔭花草是天然的，二因南側引泉，有不絕的水聲，三因地位高亢，望見海濤與對岸山島，我最不喜歡的是巴黎 Montmartre 的那個墓園，雖則有茶花女的芳鄰我還是不願意，因為它四周是市街，駕空又是一架走電車的大橋，什麼清寧的意致都叫那些機輪軋成了斷片，我是立定主意不去的；羅馬雪萊、基茨的墳場也算是不錯，但這留著以後再講；莫斯科的聖貞庵，是應得讚美的，但躺到那邊去的機會似乎不多！

那聖貞庵本身是白石的，葫蘆頂是金的，旁邊有一個極美的鐘塔，紅色的，方的，異常的鮮豔，遠望這三色——白、金、紅——的配置，極有風趣；墓碑與墳亭密密的在這塔影下散佈著，我去的那天正當傍晚，地下的雪一半化了水，不穿膠皮套鞋是不能走的；電車直到庵前，後背望去森森的林山便是拿破崙退兵時曾經回望的雀山，庵門內的空氣先就不同，常青的樹蔭間，雪鋪的地裡，悄悄的屏息著各式的墓碑：青石的平台，鏤像的長碣；嵌金的塔，中空的享亭，有高踞的，有低伏的，有雕飾繁複的，有平易的：但他們表示的意思卻只是極簡單的一個，古詩說的：「下有陳死人，杳杳即長暮，潛寐黃泉下，千載永不寤。」

我們向前走不久便發現了一個頗堪驚心的事實：有不少極莊嚴的碑碣倒在地上的，有好幾處堅致的石欄與鐵欄打毀了的；你們記得在這裡埋著的貴族居多，近幾年來風水轉了，貴族最吃苦，幸而不毀，也不免亡命，階級的怨毒在這墓園裡都留下了痕跡——楚平王死得快還是逃不了屍體受刑——雖則有標記與無標記，有祭掃與無祭掃，究竟關不關這底下陳死人的痛癢，還是不可知的一件事：但對於虛榮心重實的活人，這類示威的手段卻是一個警告。

我們摸索了半天，不曾尋著契訶夫；我的朋友上那邊問去了，我在一個轉角站著等，那時候忽的眼前一亮（那天本是陰沈），夕陽也不知從那邊過來，正照著金頂與紅塔，打成一片不可信的輝煌；你們沒見過大金頂的不易想像他那回光的力量，平常玻窗上的返光已夠你的耀眼，何況偌大一個純金的圓穹，我不由得不感謝那建築家的高見，我看了《西遊記》、《封神傳》渴慕的金光神霞，到這裡見著了！更有那秀挺的緋紅的高塔也在這俄頃間變成了粲花搖曳的長虹，彷彿脫離了地面，將次凌空飛去。

契訶夫的墓上（他父親與他並肩）只是一塊瓷青色的碑，刻著他的名字與生死的年分，有鐵欄圍著，欄內半化的雪裡有幾瓣小青葉，旁邊樹上掉下去的，在那裡微微的轉動。

我獨自倚著鐵欄，沉思契訶夫今天要是在著；他不知怎樣；他是最愛「幽默」，自己也是最有諧趣的一位先生。他的太太告訴我們他臨死的時候還要她講笑話給他聽，有幽默的人是不易做感情的奴隸的。但今天俄國的情形，今天世界的情形，他要是看了還能笑否，還能拿著他的靈活的筆繼續寫他靈活的小說否？……我正想著，一陣異樣的聲浪從園的那一角傳過來打斷了我的盤算，那聲音在中國是聽慣了的，但到歐洲來是不提防的；我轉過去看時有一位黑衣的太太站在一個墳前，她旁邊一個服裝古怪的牧師（像我們的遊方和尚）高聲唸著經咒，在晚色團聚時，在森森的墓門間，聽著那異樣的音調（語尾曼長向上曳作頓），你知道那怪調是唸給墓中人聽的，這一想毛髮間就起了作用，彷彿底下的一大群全爬了上來在你的周圍站著傾聽似的，同時鐘聲響動。那邊庵門開了，門前亮著一星的油燈，裡面出來成行列的尼僧，向另一屋子走去，一體的黑衣黑兜，悄悄的在雪地裡走去……

克魯泡德金的墳在後園，只一塊扁平的白石，指示這偉大靈魂遺蛻的歇處，看著頗覺淒惘。關門鈴已經搖過，我們又得回紅塵去了。

八、血——謁列寧遺體回想

過莫斯科的人大概沒有一個不去瞻仰列寧的「金剛不爛」身的。我們那天在雪冰裡足足站了半多鐘（真對不起使館裡那位屠太太，她為引導我們鞋襪都濕一個淨透），才挨著一個入地的機會。

進門朝北壁上掛著一架軟木做展平的地球模型；從北極到南極，從東極到西極（姑且這麼說），一體是血色，旁邊一把血染的鐮刀，一個血染的錘子。那樣大膽的空前的預言，摩西見了都許會失色，何況我們不禁嚇的凡胎俗骨。

我不敢批評蘇維埃的共產制，我不配，我配也不來，筆頭上批評只是一半騙人，一半自騙。早幾年我膽子大得多，羅素批評了蘇維埃，我批評了羅素，話怎麼說法，記不得了，也不關緊要，我只記得羅素說「我到俄國去的時候是一個共產黨，但……」意思說是他一到俄國，就取消了他紅色的信仰。我先前挖苦了他。這回我自己也到那空氣裡去呼吸了幾天，我沒有取消信仰的必要，因我從不曾有過信仰，共產或不共產。但我的確比先前明白了些，為什麼羅素不能不向後轉。怕我自己的脾胃多少也不免帶些舊氣息，老家裡還有幾件東西總覺得有些捨不得——例如個人的自由，也許等到我有信仰的日子就捨得也難說，但那日子似乎不狠近。我不但舊，並且還有我的迷信；有時候我簡直是一個宿命論者——例如我覺得這世界的罪孽實在太深了，枝節的改變，是要不得的，人們不根本悔悟的時候，不免遭大劫，但執行大劫的使者，不是安琪兒，也不是魔鬼，還是人類自己。莫斯科就彷彿負有那樣的使命。他們相信天堂是有的，可以實現的，但在現世界與那天堂的中間隔著一座海，一座血汙海。人類泅得過這血海，才能登彼岸，他們決定先實現那血海。

再說認真一點，比如先前有人說中國有過激趨向，我再也不信，種瓜栽樹也得辨土性，不是隨便可以亂扦的。現在我消極的把握都沒有了。「怨毒」已經瀰漫在空中，進了血管，長出來時是小疽是大痈說不定，開刀總躲不了，淤著的一大包膿，總得有個出路。別國我不敢說，我最親愛的母國，其實是墮落得太不成話了；血液裡有毒，細胞裡有菌，性靈裡有最不堪的汙穢，皮膚上有麻風。血汙池裡洗澡或許是一個對症的治法，我究竟不是醫生，不敢妄斷。同時我對我們一部分真有血性的青年們也忍不住有幾句話說。我絕不怪你們信服共產主義，我相信只有骨裡有髓管裡有血的人才肯犧牲一切，為一主義做事；只要十個青年裡七個或是六個都像你們，我們民族的前途不至這樣的黑暗。但同時我要對你們說一句話，你們不要生氣：你們口裡說的話大部分是借來的，你們不一定明白，你們說話背後，真正的意思是什麼；還有，照你們的理想，我們應得準備的代價，你們也不一定計算過或是認清楚；血海的滋味，換一句話說，我們終久還不曾大規模的嘗過。叫政府逮捕下獄，或是與巡警對打折了半隻臂膀，那固然是英雄氣概的一斑，但更痛快更響亮的事業多著，——耶穌對他的媽（她走了遠道去尋他）說，「婦人，去你的！」「你們要跟從我。」耶穌對他的門徒說，「就得漁夫拋棄他的網，兒子，他的父母，丈夫，他的妻兒。」又有人問他我的老子才死，你讓我埋了他再來跟你，還是丟了屍首不管專來跟你，耶穌說，讓死人埋死人去。不要笑我背聖經，我知道你們不相信的，我也不相信，但這幾段話是引稱，是比況，我想你們懂得，就是說，照你現在的辦法做下去時，你們不久就會覺得你們不知怎的叫人家放在老虎背上去，那時候下來的好，還是不下來的好？你們現在理論時代，下筆做文章時代，事情究竟好辦，話不圓也得說他圓來，方的就把四個角剪了去不就圓了，回頭你自己也忘了角是你剪的，只以為原來就圓的，那我懂得。比如說到了那一天有人拿一把火種一把快刀交在你的手裡，叫你到你自己的村莊你的家族裡去見房子放火，見人動刀——你幹不幹？話說不可怕一點，假如有那一天我想看某作者的書，算是托爾斯泰的，可是有人告訴你不但如他的書再也買不到，你有了書也是再也不能看的——你的感想怎樣？我們在中國別的事情不說，比較的個人自由我看來是比別國強的多，有時簡直太自由了，我們隨便罵人，隨便謠言，隨便說謊，也沒人干涉，除了我們自己的良心，那也是不狠肯管閒事的。假如這部分裡的個人自由有一天叫無形的國家權威取締到零度以下，你的感想又怎樣？你當然打算想做那時代表國家權威的人，但萬一輪不到你又怎樣？

莫斯科是似乎做定了命運的代理人了。只要世界上，不論那一處，多翻一陣血浪，他們便自以為離他們的理想近一步，你站在他們的地位看出來，這並不背謬，十分的合理。

但就這一點（我搔著我的頭髮），我說有考慮的必要。我們要救度自己，也許不免流血；但為什麼我們不能發明一個新鮮的流法？既然血是我們自己的血，為什麼我們就這樣的貧，理想是得問人家借的，方法又得問人家借的？不錯，他們不說莫斯科，他們口口聲聲說國際，因此他們的就是我們的。那是騙人，我說：講和平，講人道主義，許可以加上國際的字樣，那也待考，至於殺人流血有甚麼國際？你們要是躲懶，不去自己發明流自己的血的方法，卻只貪圖現成，聽人家的話，我說你們就不配，你們辜負你們骨裡的髓，辜負你們管裡的血！

英國有一個麥克唐諾爾德便是一個不躲懶的榜樣，你們去查考查考他的言論與行事。義大利有一個莫索利尼（通譯墨索里尼（1883-1945），義大利政治家、獨裁者。）是另一種榜樣，雖則法西士（即法西斯）的主義你們與我都不一定佩服，他那不躲懶是一個實在。

俄國的橘子賣七毛五一隻，為什麼？國內收下來的重稅，大半得運到外國去津貼宣傳，因此生活程度便不免過分的提高，他們國內在餓莩的邊沿上走路的百姓們正多著哩！我聽了那話覺著傷心；我只盼望我們中國人還不至於去領他們的津貼，叫他們國內人民多挨一分餓！

我不是主張國家主義的人，但講到革命，便不得不講國家主義，為什麼自己革命自己作不了軍師，還得運外國主意來籌畫流血？那也是一種可恥的墮落。

革英國命的是克郎威爾（通譯克倫威爾（1599-1658），英國政治家、軍事家、宗教領袖。）革法國命的是盧騷、丹當（通譯丹東（1759-1794），法國政治家，法國大革命領袖。）、羅珮士披亞（通譯羅伯斯比爾（1758-1794），法國革命家，法國大革命時期重要的領袖人物。）、羅蘭夫人；革義大利命的是馬志尼、加利包爾提；革俄國命的是列寧——你們要記著。假如革中國命的是孫中山，你們要小心了，不要讓外國來的野鬼鑽進了中山先生的棺材裡去！

徐志摩

一九二五年五月二十九日翡冷翠山中

歐遊漫錄（選）

北戴河海濱的幻想

北戴河海濱的幻想

他們都到海邊去了。我為左眼發炎不曾去。我獨坐在前廊，偎坐在一張安適的大椅內，袒著胸懷，赤著腳，一頭的散髮，不時有風來撩拂。清晨的晴爽，不曾消醒我初起時睡態；但夢思卻半被曉風吹斷。我闔緊眼簾內視，只見一斑斑消殘的顏色，一似晚霞的余赭，留戀地膠附在天邊。廊前的馬櫻、紫荊、藤蘿，青翠的葉與鮮紅的花，都將他們的妙影映印在水汀上，幻出幽媚的情態無數；我的臂上與胸前，亦滿綴了綠蔭的斜紋。從樹蔭的間隙平望，正見海灣：海波亦似被晨曦喚醒，黃藍相間的波光，在欣然的舞蹈。灘邊不時見白濤湧起，迸射著雪樣的水花。浴線內點點的小舟與浴客，水禽似的浮著；幼童的歡叫，與水波拍岸聲，與潛濤嗚咽聲，相間的起伏，競報一灘的生趣與樂意。但我獨坐的廊前，卻只是靜靜的，靜靜的無甚聲響。嫵媚的馬櫻，只是幽幽的微輾著，蠅蟲也斂翅不飛。只有遠近樹裡的秋蟬，在紡紗似的縺引他們不盡的長吟。

在這不盡的長吟中，我獨坐在冥想。難得是寂寞的環境，難得是靜定的意境；寂寞中有不可言傳的和諧，靜默中有無限的創造。我的心靈，比如海濱，生平初度的怒潮，已經漸次的消翳，只剩有疏鬆的海砂中偶爾的迴響，更有殘缺的貝殼，反映星月的輝芒。此時摸索潮餘的斑痕，追想當時洶湧的情景，是夢或是真，再亦不須辨問，只此眉梢的輕綹，唇邊的微哂，已足解釋無窮奧緒，深深的蘊伏在靈魂的微纖之中。

青年永遠趨向反叛，愛好冒險；永遠如初度航海者，幻想黃金機緣於浩淼的煙波之外：想割斷繫岸的纜繩，扯起風帆，欣欣的投入無垠的懷抱。他厭惡的是平安，自喜的是放縱與豪邁。無顏色的生涯，是他目中的荊棘；絕海與凶，是他愛取由的途徑。他愛折玫瑰；為她的色香，亦為她冷酷的刺毒。他愛搏狂瀾：為他的莊嚴與偉大，亦為他吞噬一切的天才，最是激發他探險與好奇的動機。他崇拜衝動：不可測，不可節，不可預逆，起，動，消歇皆在無形中，狂風似的倏忽與猛烈與神祕。他崇拜鬥爭：從鬥爭中求劇烈的生命之意義，從鬥爭中求絕對的實在，在血染的戰陣中，呼嗷勝利之狂歡或歌敗喪的哀曲。

幻象消滅是人生裡命定的悲劇；青年的幻滅，更是悲劇中的悲劇，夜一般的沈黑，死一般的凶殘。純粹的，猖狂的熱情之火，不同阿拉亭的神燈，只能放射一時的異彩，不能永久的朗照；轉瞬間，或許，便已斂熄了最後的焰舌，只留存有限的餘燼與殘灰，在未滅的餘溫裡自傷與自慰。

流水之光，星之光，露珠之光，電之光，在青年的妙目中閃耀，我們不能不驚訝造化者藝術之神奇，然可怖的黑影，倦與衰與飽饜的黑影，同時亦緊緊的跟著時日進行，彷彿是煩惱、痛苦、失敗，或庸俗的尾曳，亦在轉瞬間，彗星似的掃滅了我們最自傲的神輝——流水瀾，明星沒，露珠散滅，電閃不再！

在這豔麗的日輝中，只見愉悅與歡舞與生趣，希望，閃爍的希望，在蕩漾，在無窮的碧空中，在綠葉的光澤裡，在蟲鳥的歌吟中，在青草的搖曳中——夏之榮華，春之成功。春光與希望，是長駐的；自然與人生，是調諧的。

在遠處有福的山谷內，蓮馨花在坡前微笑，稚羊在亂石間跳躍，牧童們，有的吹著蘆笛，有的平臥在草地上，仰看交幻的浮游的白雲，放射下的青影在初黃的稻田中縹渺地移過。在遠處安樂的村中，有妙齡的村姑，在流澗邊照映她自製的春裙；口銜菸斗的農夫三四，在預度秋收的豐盈，老婦人們坐在家門外陽光中取暖，她們的周圍有不少的兒童，手擎著黃白的錢花在環舞與歡呼。

在遠——遠處的人間，有無限的平安與快樂，無限的春光……在此暫時可以忘卻無數的落蕊與殘紅；亦可以忘卻花蔭中掉下的枯葉，私語地預告三秋的情意；亦可以忘卻苦惱的僵癟的人間，陽光與雨露的殷勤，不能再恢復他們腮頰上生命的微笑，亦可以忘卻紛爭的互殺的人間，陽光與雨露的仁慈，不能感化他們凶殘的獸性；亦可以忘卻庸俗的卑瑣的人間，行雲與朝露的豐姿，不能引逗他們剎那間的凝視；亦可以忘卻自覺的失望的人間，絢爛的春時與媚草，只能反激他們悲傷的意緒。

我亦可以暫時忘卻我自身的種種；忘卻我童年期清風白水似的天真；忘卻我少年期種種虛榮的希冀；忘卻我漸次的生命的覺悟；忘卻我熱烈的理想的尋求；忘卻我心靈中樂觀與悲觀的鬥爭；忘卻我攀登文藝高峰的艱辛；忘卻剎那的啟示與澈悟之神奇；忘卻我生命潮流之驟轉；忘卻我陷落在危險的漩渦中之幸與不幸；忘卻我追憶不完全的夢境；忘卻我大海底裡埋著的祕密；忘卻曾經刳割我靈魂的利刃，炮烙我靈魂的烈焰，摧毀我靈魂的狂飆與暴雨；忘卻我的深刻的怨與艾；忘卻我的冀與願；忘卻我的恩澤與惠感；忘卻我的過去與現在……

過去的實在，漸漸的膨脹，漸漸的模糊，漸漸的不可辨認；現在的實在，漸漸的收縮，逼成了意識的一線，細極狹極的一線，又裂成了無數不相聯續的黑點……黑點亦漸次的隱翳？幻術似的滅了，滅了，一個可怕的黑暗的空虛……

原刊 1924 年 6 月 21 日《晨報副刊．文學旬刊》，收入《落葉》

北戴河海濱的幻想

翡冷翠山居閒話

在這裡出門散步去，上山或是下山，在一個晴好的五月的向晚，正像是去赴一個美的宴會，比如去一果子園，那邊每株樹上都是滿掛著詩情最秀逸的果實，假如你單是站著看還不滿意時，只要你一伸手就可以採取，可以恣嘗鮮味，足夠你性靈的迷醉。陽光正好暖和，絕不過暖；風息是溫馴的，而且往往因為他是從繁花的山林裡吹度過來，他帶來一股幽遠的澹香，連著一息滋潤的水氣，摩挲著你的顏面，輕繞著你的肩腰，就這單純的呼吸已是無窮的愉快；空氣總是明淨的，近谷內不生煙，遠山上不起靄，那美秀風景的全部正像畫片似的展露在你的眼前，供你閒暇的鑑賞。

作客山中的妙處，尤在你永不須躊躇你的服色與體態；你不妨搖曳著一頭的蓬草，不妨縱容你滿腮的苔蘚；你愛穿什麼就穿什麼；扮一個牧童，扮一個漁翁，裝一個農夫，裝一個走江湖的桀卜閃（通譯吉卜賽人，以過遊蕩生活為特點的一個民族。）裝一個獵戶；你再不必提心整理你的領結，你盡可以不用領結，給你的頸根與胸膛一半日的自由，你可以拿一條這邊豔色的長巾包在你的頭上，學一個太平軍的頭目，或是拜倫那埃及裝的姿態；但最要緊的是穿上你最舊的舊鞋，別管他模樣不佳，他們是頂可愛的好友，他們承著你的體重卻不叫你記起你還有一雙腳在你的底下。

這樣的玩頂好是不要約伴，我竟想嚴格的取締，只許你獨身；因為有了伴多少總得叫你分心，尤其是年輕的女伴，那是最危險最專制不過的旅伴，你應得躲避她像你躲避青草裡一條美麗的花蛇！平常我們從自己家裡走到朋友的家裡，或是我們執事的地方，那無非是在同一個大牢裡從一間獄室移到另一間獄室去，拘束永遠跟著我們，自由永遠尋不到我們；但在這春夏間美秀的山中或鄉間你要是有機會獨身閒逛時，那才是你福星高照的時候，那才是你實際領受，親口嘗味，自由與自在的時候，那才是你肉體與靈魂行動一致的時候；朋友們，我們多長一歲年紀往往只是加重我們頭上的枷，加緊我們腳脛上的鏈，我們見小孩子在草裡在沙堆裡在淺水裡打滾作樂，或是看見小貓追他自己的尾巴，何嘗沒有羨慕的時候，但我們的枷，我們的鏈永遠是制定我們行動的上司！所以只有你單身奔赴大自然的懷抱時，像一個裸體的小孩撲入他母親的懷抱時，你才知道靈魂的愉快是怎樣的，單是活著的快樂是怎樣的，單就呼吸單就走道單就張眼看聳耳聽的幸福是怎樣的。因此你得嚴格的為己，極端的自私，只許你，體魄與性靈，與自然同在一個脈搏裡跳動，同在一個音波里起伏，同在一個神奇的宇宙裡自得。我們渾樸的天真是像含羞草似的嬌柔，一經同伴的牴觸，他就捲了起來，但在澄靜的日光下，和風中，他的姿態是自然的，他的生活是無阻礙的。

你一個人漫遊的時候，你就會在青草裡坐地仰臥，甚至有時打滾，因為草的和暖的顏色自然的喚起你童稚的活潑；在靜僻的道上你就會不自主的狂舞，看著你自己的身影幻出種種詭異的變相，因為道旁樹木的陰影在他們紆徐的婆娑裡暗示你舞蹈的快樂；你也會得信口的歌唱，偶爾記起斷片的音調，與你自己隨口的小曲，因為樹林中的鶯燕告訴你春光是應得讚美的；更不必說你的胸襟自然會跟著曼長的山徑開拓，你的心地會看著澄藍的天空靜定，你的思想和著山壑間的水聲，山罅裡的泉響，有時一澄到底的清澈，有時激起成章的波動，流，流，流入涼爽的橄欖林中，流入嫵媚的阿諾河去……

並且你不但不須應伴，每逢這樣的遊行，你也不必帶書。書是理想的伴侶，但你應得帶書，是在火車上，在你住處的客室裡，不是在你獨身漫步的時候。什麼偉大的深沉的鼓舞的清明的優美的思想的根源不是可以在風籟中，雲彩裡，山勢與地形的起伏裡，花草的顏色與香息裡尋得？自然是最偉大的一部書，葛德（通譯歌德，德國詩人。）說，在他每一頁的字句裡我們讀得最深奧的消息。並且這書上的文字是人人懂得的；阿爾帕斯（通譯阿爾卑斯。）與五老峰，雪西里（通譯西西里。）與普陀山，萊因河與揚子江；

梨夢湖（通譯萊芝湖，也即日內瓦湖。）與西子湖，建蘭與瓊花，杭州西溪的蘆雪與威尼市（通譯威尼斯。）夕照的紅潮，百靈與夜鶯，更不提一般黃的黃麥，一般紫的紫藤，一般青的青草同在大地上生長，同在和風中波動——他們應用的符號是永遠一致的，他們的意義是永遠明顯的，只要你自己心靈上不長瘡瘢，眼不盲，耳不塞，這無形跡的最高等教育便永遠是你的名分，這不取費的最珍貴的補劑便永遠供你的受用：只要你認識了這一部書，你在這世界上寂寞時便不寂寞，窮困時不窮困，苦惱時有安慰，挫折時有鼓勵，軟弱時有督責，迷失時有南針（即指南針）。

十四年七月

原刊 1925 年 7 月 4 日《現代評論》第 2 卷第 30 期，
重刊同年 8 月 5 日《晨報副刊．文學旬刊》，收入《巴黎的鱗爪》

泰山日出

泰山日出

振鐸來信要我在《小說月報》的「太戈爾號」上說幾句話。我也曾答應了，但這一時游濟南遊泰山游孔陵，太樂了，一時竟拉不攏心思來做整篇的文字，一直挨到現在期限快到，只得勉強坐下來，把我想得到的話不整齊的寫出。

我們在泰山頂上看出太陽。在航過海的人，看太陽從地平線下爬上來，本不是奇事；而且我個人是曾飽飫過江海與印度洋無比的日彩的。但在高山頂上看日出，尤其在泰山頂上，我們無饜的好奇心，當然盼望一種特異的境界，與平原或海上不同的。果然，我們初起時，天還暗沉沉的，西方是一片的鐵青，東方些微有些白意，宇宙只是——如用舊詞形容——一體莽莽蒼蒼的。但這是我一面感覺勁烈的曉寒，一面睡眼不曾十分醒豁時的約略的印象。等到留心回覽時，我不由得大聲的狂叫——因為眼前只是一個見所未見的境界。原來昨夜整夜暴風的工程，卻砌成一座普遍的雲海。除了日觀峰與我們所在的玉皇頂以外，東西南北只是平鋪著瀰漫的雲氣，在朝旭未露前，宛似無量數厚毳長戎的綿羊，交頸接背的眠著，卷耳與彎角都依稀辨認得出。那時候在這茫茫的雲海中，我獨自站在霧靄溟蒙的小島上，發生了奇異的幻想——

我軀體無限的長大，腳下的山巒比例我的身量，只是一塊拳石；這巨人披著散髮，長髮在風裡像一面墨色的大旗，颯颯的在飄蕩。這巨人豎立在大地的頂尖上，仰面向著東方，平拓著一雙長臂，在盼望，在迎接，在催促，在默默的叫喚；在崇拜，在祈禱，在流淚——在流久慕未見面將見悲喜交互的熱淚……

這淚不是空流的，這默禱不是不生顯應的。

巨人的手，指向著東方——

東方有的，在展露的，是什麼？

東方有的是瑰麗榮華的色彩，東方有的是偉大普照的光明——出現了，到了，在這裡了……

玫瑰汁、葡萄漿、紫荊液、瑪瑙精、霜楓葉——大量的染工，在層累的雲底工作；無數蜿蜒的魚龍，爬進了蒼白色的雲堆。

一方的異彩，揭去了滿天的睡意，喚醒了四隅的明霞——光明的神駒，在熱奮地馳騁……

雲海也活了；眠熟了獸形的濤瀾，又回覆了偉大的呼嘯，昂頭搖尾的向著我們朝露染青饅形的小島沖洗，激起了四岸的水沫浪花，震盪著這生命的浮礁，似在報告光明與

泰山日出

歡欣之臨在……

再看東方——海句力士已經掃蕩了他的阻礙，雀屏似的金霞，從無垠的肩上產生，展開在大地的邊沿。起……起……用力，用力。純焰的圓顱，一探再探的躍出了地平，翻登了雲背，臨照在天空……

歌唱呀，讚美呀，這是東方之復活，這是光明的勝利……

散發禱祝的巨人，他的身彩橫亙在無邊的雲海上，已經漸漸的消翳在普遍的歡欣裡；現在他雄渾的頌美的歌聲，也已在霞彩變幻中，普澈了四方八隅……

聽呀，這普澈的歡聲；看呀，這普照的光明！

這是我此時回憶泰山日出時的幻想，亦是我想望太戈爾來華的頌詞。

原刊 1923 年 9 月《小說月報》第 14 卷第 9 號

山中來函

山中來函

劍三（即王統照（1897-1957），作家，文學研究會發起人之一。）：我還活著；但是至少是一個「出家人」。我住在我們鎮上的一個山裡，這裡有一個新造的祠堂，叫做「三不朽」，這名字肉麻得凶，其實只是一個鄉賢祠的變名，我就寄宿在這裡。你不要見笑徐志摩活著就進了祠堂，而且是三不朽！這地方倒不壞，我現在坐著寫字的窗口，正對著山景，燒剩的廟，精光的樹，常青的樹，石牌坊戲臺，怪形的石錯落在樹木間，山頂上的寶塔，塔頂上徘徊著的「餓老鷹」有時賣弄著他們穿天響的怪叫，纍纍的墳堆、享亭，白木的與包著蘆席的棺材——都在嫩色的朝陽裡浸著。隔壁是祠堂的大廳，供著歷代的忠臣、孝子、清客、書生、大官、富翁、棋國手（陳子仙）、數學家（李善蘭壬叔）以及我自己的祖宗，他們為什麼「不朽」，我始終沒有懂；再隔壁是節孝祠，多是些跳井的投河的上吊的吞金的服鹽滷的也許吃生鴉片吃火柴頭的烈女烈婦以及無數咬緊牙關的「望門寡」，抱牌位做親的，教子成名的，節婦孝婦，都是犧牲了生前的生命來換死後的冷豬頭肉，也還不很靠得住的；再隔壁是東寺，外邊牆壁已是半爛，殿上神像只剩了泥灰。前窗望出去是一條小河的盡頭，一條藤蘿滿攀著磊石的石橋，一條狹堤，過堤一潭清水，不知是血汗還是蓄荷池（土音同），一個鬼客棧（厝所）一片荒場也是墓壚纍纍的，再望去是硤石鎮的房屋了，這裡時常過路的是：香客，挑菜擔的鄉下人，青布包頭的婦人，背著黃葉蔞子的童子，戴黑布風帽手提燈籠的和尚，方巾的道士，寄宿在戲臺下與我們守望相助的丐翁，牧羊的童子與他的可愛的白山羊，到山上去尋柴，掘樹根，或掠乾草的，送羹飯與叫姓的（現在眼前就是，真妙，前面一個男子手裡拿著一束稻柴，口裡喊著病人的名字叫他到「屋裡來」，後面跟著一個著紅棉襖綠背心的老婦人，撐著一把雨傘，低聲的答應著那男子的叫喚）。晚上只聽見各種的聲響：塔院裡的鐘聲，林子裡的風響，寺角上的鈴聲，遠處小兒啼聲、狗吠聲、梟鳥的咒詛聲，石路上行人的腳步聲——點綴這山腳下深夜的沈靜，管祠堂人的房子裡，不時還鬧鬼，差不多每天有鬼話聽！

這是我的寓處。世界，熱鬧的世界，離我遠得很：北京的灰砂也吹不到我這裡來——博生（即陳博生，當時《晨報》的主持人。）真鄙吝，連一份《晨報》附張都捨不得寄給我；朋友的訊息更是杳然了。今天我偶爾高興，寫成了三段《東山小曲》，現在寄給你，也許可以補補空白。

山中來函

我唯一的希望只是一場大雪。

志摩問安　一月二十日

原刊 1924 年 3 月 11 日《晨報副刊・文學旬刊》

醜西湖

醜西湖

「欲把西湖比西子，濃妝淡抹總相宜。」我們太把西湖看理想化了。夏天要算是西湖濃妝的時候，堤上的楊柳綠成一片濃青，裡湖一帶的荷葉荷花也正當滿豔，朝上的煙霧，向晚的晴霞，哪樣不是現成的詩料，但這西姑娘你愛不愛？我是不成，這回一見面我回頭就逃！什麼西湖？這簡直是一鍋腥臊的熱湯！

西湖的水本來就淺，又不流通，近來滿湖又全養了大魚，有四五十斤的，把湖裡裊裊婷婷的水草全給咬爛了，水渾不用說，還有那魚腥味兒頂叫人難受。說起西湖養魚，我聽得有種種的說法，也不知哪樣是內情：有說養魚乾脆是官家謀利，放著偌大一個魚沼，養肥了魚打了去賣不是頂現成的；有說養魚是為預防水草長得太放肆了怕塞滿了湖心，也有說這些大魚都是大慈善家們為要延壽或是求子或是求財源茂健特為從別地方買了來放生在湖裡的，而且現在打魚當官是不準。不論怎麼樣，西湖確是變了魚湖了。六月以來杭州據說一滴水都沒有過，西湖當然水淺得像個干血癆的美女，再加那腥味兒！今年南方的熱，說來我們住慣北方的也不易信，白天熱不說，通宵到天亮也不見放鬆，天天大太陽，夜夜滿天星，節節高的一天暖似一天。杭州更比上海不堪，西湖那一窪淺水用不到幾個鐘頭的曬就離滾沸不遠什麼，四面又是山，這熱是來得去不得，一天不發大風打陣，這鍋熱湯，就永遠不會涼。我那天到了晚上才雇了條船遊湖，心想比岸上總可以涼快些。好，風不來還熬得，風一來可真難受極了，又熱又帶腥味兒，真叫人發眩作嘔，我同船一個朋友當時就病了，我記得紅海裡兩邊的沙漠風都似乎較為可耐些！夜間十二點我們回家的時候都還是熱乎乎的。還有湖裡的蚊蟲！簡直是一群群的大水鴨子！我一生定就活該。

這西湖是太難了，氣味先就不堪。再說沿湖的去處，本來頂清淡宜人的一個地方是平湖秋月，那一方平台，幾棵楊柳，幾折迴廊，在秋月清澈的涼夜去坐著看湖確是別有風味，更好在去的人絕少，你夜間去總可以獨占，喚起看守的人來泡一碗清茶，沖一杯藕粉，和幾個朋友閒談著消磨他半夜，真是清福。

我三年前一次去有琴友有笛師，躺平在楊樹底下看揉碎的月光，聽水面上翻響的幽樂，那逸趣真不易。西湖的俗化真是一日千里，我每回去總添一度傷心：雷峰也羞跑了，斷橋折成了汽車橋，哈得（哈得，通譯哈同（1849-1931），猶太人，後入英國籍。）在湖心裡造房子，某家大少爺的汽油船在三尺的柔波里興風作浪，工廠的煙替代了出岫的霞，大世界以及什麼舞台的鑼鼓充當了湖上的啼鶯，西湖，西湖，還有什麼可留戀的！

醜西湖

這回連平湖秋月也給糟蹋了，你信不信？

「船家，我們到平湖秋月去，那邊總還清靜。」

「平湖秋月？先生，清靜是不清靜的，格歇開了酒館，酒館著實鬧忙哩，你看，望得見的，穿白衣服的人多煞勒瞎，扇子得活血血的，還有唱唱的，十七八歲的姑娘，聽聽看——是無錫山歌哩，胡琴都蠻清爽的……」

那我們到樓外樓去吧。誰知樓外樓又是一個傷心！原來樓外樓那一樓一底的舊房子斜斜的對著湖心亭，幾張揩抹得發白光的舊桌子，一兩個上年紀的老堂倌，活絡絡的魚蝦，滑齊齊的蓴菜，一壺遠年，一碟鹽水花生，我每回到西湖往往偷閒獨自跑去領略這點子古色古香，靠在闌幹上從堤邊楊柳蔭裡望灩灩的湖光，晴有晴色，雨雪有雨雪的景緻，要不然月上柳梢時意味更長，好在是不鬧，晚上去也是獨占的時候多，一邊喝著熱酒，一邊與老堂倌隨便講講湖上風光，魚蝦行市，也自有一種說不出的愉快。但這回連樓外樓都變了面目！地址不曾移動，但翻造了三層樓帶屋頂的洋式門面，新漆亮光光的刺眼，在湖中就望見樓上電扇的疾轉，客人鬧盈盈的擠著，堂倌也換了，穿上西崽的長袍，原來那老朋友也看不見了，什麼閒情逸趣都沒有了！我們沒辦法移一個桌子在樓下馬路邊吃了一點東西，果然連小菜都變了，真是可傷。泰戈爾來看了中國，發了很大的感慨。他說，「世界上再沒有第二個民族像你們這樣蓄意的製造醜惡的精神。」怪不過老頭牢騷，他來時對中國是怎樣的期望（也許是詩人的期望），他看到的又是怎樣一個現實！狄更生先生有一篇絕妙的文章，是他遊泰山以後的感想，他對照西方人的俗與我們的雅，他們的唯利主義與我們的閒暇精神。他說只有中國人才真懂得愛護自然，他們在山水間的點綴是沒有一點辜負自然的；實際上他們處處想法子增添自然的美，他們不容許煞風景的事業。他們在山上造路是依著山勢迴環曲折，鋪上本山的石子，就這山道就饒有趣味，他們寧可犧牲一點便利。

不願斫喪自然的和諧。所以他們造的是嫵媚的石徑；歐美人來時不開馬路就來穿山的電梯。他們在原來的石塊上刻上美秀的詩文，漆成古色的青綠，在苔蘚間掩映生趣；反之在歐美的山石上只見雪茄煙與各種生意的廣告。他們在山林叢密處透出一角寺院的紅牆，西方人起的是幾層樓嘈雜的旅館。聽人說中國人得倣法歐西，我不知道應得自覺虛心做學徒的究竟是誰？

這是十五年前狄更生先生來中國時感想的一節。我不知道他現在要是回來看看西湖的成績，他又有什麼妙文來頌揚我們的美德！

說來西湖真是個愛倫內（英文 Irony 一詞的音譯，意即「反諷」。）論山水的秀麗，西湖在世界上真有位置。那山光，那水色，別有一種醉人處，叫人不能不生愛。

但不幸杭州的人種（我也算是杭州人），也不知怎的，特別的來得俗氣來得陋相。不讀書人無味，讀書人更可厭，單聽那一口杭白，甲隔甲隔的，就夠人心煩！看來杭州人話會說（杭州人真會說話！），事也會做，近年來就「事業」方面看，杭州的建設的確不少，例如西湖堤上的六條橋就全給拉平了替汽車公司幫忙；但不幸經營山水的風景是另一種事業，絕不是開舖子、做官一類的事業。平常佈置一個小小的園林，我們尚且說總得主人胸中有些丘壑，如今整個的西湖放在一班大老的手裡，他們的腦子裡平常想些什麼我不敢猜度，但就成績看，他們的確是只圖每年「我們杭州」商界收入的總數增加多少的一種頭腦！

開舖子的老班們也許沾了光，但是可憐的西湖呢？分明天生俊俏的一個少女，生生的叫一群粗漢去替她塗脂抹粉，就說沒有別的難堪情形，也就夠煞風景又煞風景！天啊，這苦惱的西子！

但是回過來說，這年頭哪還顧得了美不美！江南總算是天堂，到今天為止。別的地方人命只當得蟲子，有路不敢走，有話不敢說，還來搭什麼臭紳士的架子，挑什麼夠美不夠美的鳥眼？

八月七日

原刊 1926 年 8 月 9 日《晨報副刊》

天目山中筆記

天目山中筆記

佛於大眾中，說我當作佛，聞如是法音，疑悔悉已除。
初聞佛所說，心中大驚疑，將非魔作佛，惱亂我心耶。

——蓮花經譬喻品

山中不定是清靜。廟宇在參天的大木中間藏著，早晚間有的是風，松有松聲，竹有竹韻，鳴的禽，叫的蟲子，閣上的大鐘，殿上的木魚，廟身的左邊右邊都安著接泉水的粗毛竹管，這就是天然的笙簫，時緩時急的參和著天空地上種種的鳴籟，靜是不靜的；但山中的聲響，不論是泥土裡的蚯蚓叫或是轎伕們深夜裡「唱寶」的異調，自有一種各別處：它來得純粹，來得清亮，來得透徹，冰水似的沁入你的脾肺；正如你在泉水裡洗濯過後覺得清白些，這些山籟，雖則一樣是音響，也分明有洗淨的功能。

夜間這些清籟搖著你入夢，清早上你也從這些清籟的懷抱中甦醒。

山居是福，山上有樓住更是修得來的。我們的樓窗開處是一片蓊蔥的林海；林海外更有雲海！日的光，月的光，星的光：全是你的。從這三尺方的窗戶你接受自然的變幻；從這三尺方的窗戶你散放你情感的變幻。自在；滿足。

今早夢迴時睜眼見滿帳的霞光。鳥雀們在讚美；我也加入一份。它們的是清越的歌唱，我的是潛深一度的沉默。

鐘樓中飛下一聲宏鐘，空山在音波的磅礴中震盪。這一聲鐘激起了我的思潮。不，潮字太誇；說思流罷。耶教人說阿門，印度教人說「歐姆」（O——m），與這鐘聲的嗡嗡，同是從撮口外攝到闔口內包的一個無限的波動；分明是外擴，卻又是內潛；一切在它的周緣，卻又在它的中心：同時是皮又是核，是軸亦復是廓。這偉大奧妙的「om」使人感到動，又感到靜；從靜中見動，又從動中見靜。從安住到飛翔，又從飛翔回覆安住；從實在境界超入妙空，又從妙空化生實在：——「聞佛柔軟音，深遠甚微妙。」

多奇異的力量！多奧妙的啟示！包容一切衝突性的現象，擴大霎那間的視域，這單純的音響，於我是一種智靈的洗淨。花開，花落，天外的流星與田畦間的飛螢，上綰雲天的青松，下臨絕海的巉岩，男女的愛，珠寶的光，火山的熔液：一如嬰兒在它的搖籃中安眠。

這山上的鐘聲是晝夜不間歇的，平均五分鐘打一次，打鐘的和尚獨自在鐘樓上住著，據說他已經不間歇的打了十一年鐘，他的願心是打到他不能動彈的那天。鐘樓上供著菩薩，打鐘人在大鐘的一邊安著他的「座」，他每晚是坐著安神的，一隻手挽著鐘槌的一頭，從長期的習慣，不叫睡眠耽誤他的職司。「這和尚」我自忖，「一定是有道理的！和尚是沒道理的多：方才那知客僧想把七竅蒙充六根，怎麼算總多了一個鼻孔或是耳孔；那方丈師的談吐裡不少某督軍與某省長的點綴；那管半山亭的和尚更是貪嗔的化身，無端摔破了兩個無辜的茶碗。但這打鐘和尚，他一定不是庸流不能不去看看！」他的年歲在五十開外，出家有二十幾年，這鐘樓，不錯，是他管的，這鐘是他打的（說著他就過去撞了一下），他每晚，也不錯，是坐著安神的，但此外，可憐，我的俗眼竟看不出什麼異樣。他拂拭著神龕，神座，拜墊，換上香燭，掇一盂水，洗一把青菜，捻一把米，擦乾了手接受香客的布施，又轉身去撞一聲鐘。他臉上看不出修行的清癯，卻沒有失眠的倦態，倒是滿滿的不時有笑容的展露；念什麼經；不就念阿彌陀佛，他竟許是不認識字的。「那一帶是什麼山，叫什麼，和尚？」「這裡是天目山」他說，「我知道，我說的是那一帶的」我手點著問。「我不知道。」他回答。

山上另有一個和尚，他住在更上去昭明太子讀書臺的舊址，蓋有幾間屋，供著佛像，也歸廟管的，叫做茅棚。但這不比得普渡山上的真茅棚，那看了怕人的，坐著或是偎著修行的和尚沒一個不是鵠形鳩面，鬼似的東西。他們不開口的多，你愛布施什麼就放在他跟前的簍子或是盤子裡，他們怎麼也不睜眼，不出聲，隨你給的是金條或是鐵條。人說得更奇了，有的半年沒有吃過東西，不曾挪過窩，可還是沒有死，就這冥冥的坐著。他們大約離成佛不遠了，單看他們的臉色，就比石片泥土不差什麼，一樣這黑刺刺，死僵僵的。「內中有幾個」香客們說，「已經成了活佛，我們的祖母早三十年來就看見他們這樣坐著的！」

但天目山的茅棚以及茅棚裡的和尚，卻沒有那樣的浪漫出奇。茅棚是儘夠蔽風雨的屋子，修道的也是活鮮鮮的人，雖則他並不因此減卻他給我們的趣味。他是一個高身材、黑面目，行動遲緩的中年人；他出家將近十年，三年前坐過禪關，現在這山上茅棚裡來修行；他在俗家時是個商人，家中有父母兄弟姊妹，也許還有自身的妻子；他不曾明說他中年出家的緣由，他只說「俗業太重了，還是出家從佛的好」，但從他沉著的語音與持重的神態中可以覺出他不僅是曾經在人事上受過磨折，並且是在思想上能分清黑白的人。他的口，他的眼，都泄漏著他內裡強自抑制，魔與佛交鬥的痕跡；說他是放過火殺過人的懺悔者，可信；說他是個回頭的浪子，也可信。他不比那鐘樓上人的不著顏色，不露曲折：他分明是色的世界裡逃來的一個囚犯。三年的禪關，三年的草棚，還不曾壓倒，不曾滅淨，他肉身的烈火。「俗業太重了，不如出家從佛的好；」這話裡豈不顫慄著一往懺悔的深心？我覺著好奇；我怎麼能得知他深夜趺坐時意念的究竟？

佛於大眾中，說我當作佛，聞如是法音，疑悔悉已除。
初聞佛所說，心中大驚疑，將非魔作佛，惱亂我心耶。

但這也許看太奧了。我們承受西洋人生觀洗禮的，容易把做人看太積極，入世的要求太猛烈，太不肯退讓，把住這熱虎虎的一個身子一個心放進生活的軋床去，不叫他留存半點汁水回去；非到山窮水盡的時候，絕不肯認輸，退後，收下旗幟；並且即使承認了絕望的表示，他往往直接向生存本體作取決，不來半不闌珊的收回了步子向後退：寧可自殺，甘脆的生命的斷絕，不來出家，那是生命的否認。不錯，西洋人也有出家做和尚做尼姑的，例如亞佩臘與愛洛綺絲，但在他們是情感方面的轉變，原來對人的愛移作上帝的愛，這知感的自體與它的活動依舊不含糊的在著；在東方人，這出家是求情感的消滅，皈依佛法或道法，目的在自我一切痕跡的解脫。再說，這出家或出世的觀念的老家，是印度不是中國，是跟著佛教來的；印度何以曾發生這類思想，學者們自有種種哲理上乃至物理上的解釋，也盡有趣味的。中國何以能容留這類思想，並且在實際上出家做尼僧的今天不比以前少（我最近一個朋友差一點做了小和尚）！這問題正值得研究，因為這分明不僅僅是個知識乃至意識的淺深問題，也許這情形盡有極有趣味的解釋的可能，我見聞淺，不知道我們的學者怎樣想法，我願意領教。

十五年九月

原刊 1926 年 9 月 4 日《晨刊副刊》，收入《巴黎的鱗爪》

天目山中筆記

「濃得化不開」（星加坡）

「濃得化不開」（星加坡）

大雨點打上芭蕉有銅盤的聲音，怪。「紅心蕉」，多美的字面，紅得濃得好。要紅，要熱，要烈，就得濃，濃得化不開，樹膠似的才有意思，「我的心象芭蕉的心，紅……」不成！「緊緊的捲著，我的紅濃的芭蕉的心……」更不成。趁早別再謅什麼詩了。自然的變化，只要你有眼，隨時隨地都是絕妙的詩。完全天生的，白做就不成。看這驟雨，這萬千雨點奔騰的氣勢，這迷濛，這渲染，看這一小方草地生受這暴雨的侵凌，鞭打，針炙，腳踹，可憐的小草，無辜的……可是慢著，你說小草要是會說話，它們會嚷痛，會叫冤不？難說他們就愛這門兒——出其不意的，使蠻勁的，太急一些，當然，可這正見情熱，誰說這外表的凶狠不是變相的愛。有人就愛這急勁兒！

再說小草兒吃虧了沒有，讓急雨狼虎似的胡親了這一陣子？別說了，它們這才真漏著喜色哪，綠得發亮，綠得生油，綠得放光。它們這才樂哪！

嘸，一首淫詩。蕉心紅得濃，綠草綠成油。本來末，自然就是淫，它那從來不知厭滿的創化欲的表現還不是淫：淫，甚也。不說別的，這雨後的泥草間就是萬千小生物的胎宮，蚊蟲，甲蟲，長腳蟲，青跳蟲，慕光明的小生靈，人類的大敵。熱帶的自然更顯得濃厚，更顯得猖狂，更顯得淫，夜晚的星都顯得玲瓏些，像要向你說話半開的妙口似的。

可是這一個人耽在旅舍裡看雨，夠多淒涼。上街不知向那兒轉，一隻熟臉都看不見，話都說不通，天又快黑，胡濕的地，你上那兒去？得。「有孤王……」一個小聲音從廉楓的嗓子裡自己唱了出來。「坐至在梅……」怎麼了！哼起京調來了？一想著單身就轉著梅龍鎮，再轉就該是李鳳姐了吧，哼！好，從高超的詩思墮落到腐敗的戲腔！可是京戲也不一定是腐敗，何必一定得跟著現代人學勢利？正德皇帝在梅龍鎮上，林廉楓在星家坡。他有鳳姐，我——慚愧沒有。廉楓的眼前晃著舞台上鳳姐的倩影，曳著圍巾，托著盤，踩著蹺。「自幼兒」……去你的！可是這悶是真的。雨後的天黑得更快，黑影一幕幕的直蓋下來，麻雀兒都回家了。幹什麼好呢？有什麼可干的？這叫做孤單的況味。這叫做悶。怪不得唐明皇在斜谷口聽著棧道中的雨聲難過，良心發見，想著玉環……我負了卿，負了卿……轉自憶荒塋，——嘸，又是戲！又不是戲迷，左哼右哼哼什麼的！出門吧。

廉楓跳上了一架廠車，也不向那帶回子帽的馬來人開口，就用手比了一個丟圈子的手勢。那馬來人完全瞭解，腦袋微微的一側，車就開了。焦桃片似的店房，黑芝麻長條餅似的街，野獸似的汽車，磕頭蟲似的人力車，長人似的樹，矮樹似的人。廉楓在急掣的車上快鏡似的收著模糊的影片，同時頂頭風颳得他本來梳整齊的分邊的頭髮直向後衝，有幾根沾著他的眼皮癢癢的舐，掠上了又下來，怪難受的。這風可真涼爽，皮膚上，毛孔裡，那兒都受用，像是在最溫柔的水波里游泳。做魚的快樂。氣流似乎是密一點，顯得沈。一隻疏蕩的手臂壓在你的心窩上……確是有肉糜的氣息，濃得化不開。快，快，芭蕉的巨靈掌，椰子樹的旗頭，橡皮樹的白鼓眼，棕櫚樹的毛大腿，合歡樹的紅花痢，無花果樹的要飯腔，蹲著脖子，灣著臂膊……快，快，馬來人的花棚，中國人家的甏燈，西洋人家的牛奶瓶，回子的回子帽，一臉的黑花，活像一隻煨灶的貓……

車忽然停住在那有名的豬水潭的時候，廉楓快活的心輪轉得比車輪更顯得快，這一頓才把他從幻想裡錨了回來。這時候旅困是完全叫風給刮散了。風也刮散了天空的雲，大狗星張著大眼霸占著東半天，獵夫只看見兩只腿，天馬也只漏半身，吐魯士牛大哥只翹著一支小尾。咦，居然有湖心亭。這是誰的主意？紅毛人都雅化了，唉。不壞，黃昏未死的紫曛，湖邊叢林的倒影，林樹間豔豔的紅燈，瘦玲玲的窄堤橋連通著湖亭。水面上若無若有的漣漪，天頂幾顆疏散的星。真不壞。但他走上堤橋不到半路就發見那亭子裡一齒齒的把柄，原來這是為安量水表的，可這也將就，反正輪廓是一座湖亭，平湖秋月……嘸，有人在哪！這回他發見的是靠亭闌的一雙人影，本來是糊成一餅的，他一走近打攪了他們。「道歉，有擾清興，但我還不只是一朵游雲，慮俺作甚。」廉楓默誦著他戲白的念頭，粗粗望了望湖，轉身走了回去。「苟……」他坐上車起首想，但他記起了煙卷，忙著在風尖上劃火，下文如其有，也在他第一噴龍卷煙裡沒了。

廉楓回進旅店門彷佛又投進了昏沈的圈套。一陣熱，一陣煩，又壓上了他在晚涼中疏爽了來的心胸。他正想嘆一口安命的氣走上樓去，他忽然感到一股彩流的襲擊從右首窗邊的桌座上飛驃了過來。一種巧妙的敏銳的刺激，一種濃豔的警告，一種不是沒有美感的迷惑。只有在巴黎晦盲的市街上走進新派的畫店時，彷佛感到過相類的驚懼。一張佛拉明果（佛拉明果，通譯弗拉芒克（1876-1958），法國畫家，野獸派代表人物。）的野景，一幅瑪提斯（瑪提斯，通譯馬蒂斯（1869-1954），法國畫家，野獸派代表人物。）的窗景，或是佛朗次馬克（佛朗次馬克，通譯佛朗茨．馬爾克（1880-1916），德國畫家，表現主義畫派代表人物。）的一方人頭馬面。或是馬克夏高爾（馬克夏高爾，通譯馬克斯．克林格爾（1857-1920），德國畫家，象徵主義畫派代表人物。）的一個賣菜老頭。可這是怎麼了，那窗邊又沒有掛什麼未來派的畫，廉楓最初感覺到的是一球大紅，像是火焰，其次是一片烏黑，墨晶似的濃，可又花須似的輕柔；再次是一流蜜，金漾漾的一瀉，再次是朱古律（Chocolate），飽和著奶油最可口的朱古律。這些色感因為濃初來顯得凌亂，但瞬息間線條和輪廓的辨認籠住了色彩的蓬勃的波流。廉楓幽幽的喘了一口氣。「一個黑女人，什麼了！」可是多妖豔的一個黑女，這打扮真是絕了，藝術的手腕神化了天生的材料，好！烏黑的惺忪的是她的發，紅的是一邊鬢角上的插花，蜜色是她的玲巧的掛肩，朱古律是姑娘的肌膚的鮮豔，得兒朗打打，得兒鈴丁丁……廉楓停步在樓梯邊的欣賞不期然的流成了新韻。

「還漏了一點小小的卻也不可少的點綴，她一隻手腕上還帶著一小支金環哪。」廉楓上樓進了房還是盡轉著這絕妙的詩題——色香味俱全的奶油朱古律，耐宿兒老牌，兩個辨士一厚塊，拿銅子往軋縫裡放，一，二，再拉那鐵環，喂，一塊印金字紅紙包的耐宿兒奶油朱古律。可口！最早黑人上畫的怕是孟內（孟內，通譯馬奈（1832-1883），法國畫家，印象派創始人之一，文中提到的《奧林比亞》是他的代表作。）那張《奧林比亞》吧，有心機的畫家，廉楓躺在床上在腦筋裡翻著近代的畫史。有心機有膽識的畫家，他不但敢用黑，而且敢用黑來襯托黑，唉，那斜躺著的奧林比亞不是鬢上也插著一朵花嗎？底下的那位很有點像奧林比亞的抄本，就是白的變黑了。但最早對朱古律的肉色表示敬意的可還得讓還高根，對了，就是那味兒，濃得化不開，他為人間，發見了朱古律皮肉的色香味，他那本 NOA，Noa 是二十世紀的「新生命」——到半開化，全野蠻的風土間去發見文化的本真，開闢文藝的新感覺……

但底下那位朱古律姑娘倒是作什麼的？作什麼的，傻子！她是一個人道主義者，一筏普濟的慈航，他是賑災的特派員，她是來慰藉旅人的幽獨的。可惜不曾看清她的眉目，望去只覺得濃，濃得化不開。誰知道她眉清還是目秀。眉清目秀！思想落後！唯美派的新字典上沒有這類腐敗的字眼。且不管她眉目，她那姿態確是動人，怯憐憐的，簡直是秀麗，衣服也剪裁得好，一頭蓬鬆的烏霞就耐人尋味。「好花兒出至在僻島上！」廉楓閉著眼又哼上了。……

「誰」悉率的門響將他從床上驚跳了起來，門慢慢的自己開著，廉楓的眼前一亮，紅的！一朵花！是她！進來了！這怎麼好！鎮定，傻子，這怕什麼？

她果然進來了，紅的，蜜的，烏的，金的，朱古律，耐宿兒，奶油，全進來了。你不許我進來嗎？朱古律笑口的低聲的唱著，反手關上了門。這回眉目認得清楚了。清秀，秀麗，韶麗；不成，實在得另翻一本字典，可是「妖豔」，總合得上。廉楓迷胡的腦筋裡掛上了「妖」「豔」兩個大字。朱古律姑娘也不等請，已經自己坐上了廉楓的床沿。你倒像是怕我似的，我又不是馬來半島上的老虎！朱古律的濃重的色濃重的香團團圍裹住了半心跳的旅客。濃得化不開！李鳳姐，李鳳姐，這不是你要的好花兒自己來了！籠著金環的一支手腕放上了他的身，紫薑的一支小手把住了他的手。廉楓從沒有知道他自己的手有那樣的白。「等你家哥哥回來」……廉楓覺得他自己變了驟雨下的小草，不知道是好過，也不知道是難受。湖心亭上那一餅子黑影。大自然的創化欲。你不愛我嗎？朱古律的聲音也動人——脆，幽，媚。一隻青蛙跳進了池潭，撲崔！獵夫該從林子裡跑出來了吧？你不愛我嗎？我知道你愛，方才你在樓梯邊看我我就知道，對不對親孩子？紫薑辣上了他的面龐，救駕！快辣上他的口唇了。可憐的孩子，一個人住著也不嫌冷清，你瞧，這胖胖的荷蘭老婆（荷蘭老婆，Dutch wife，南洋人睡眠時夾在兩腿之間的長形竹籠，古人稱之「竹夫人」。）都讓你抱癟了，你不害臊嗎？廉楓一看果然那荷蘭老婆讓他給擠扁了，他不由的覺得臉有些發燒。我來做你的老婆好不好？朱古律的烏雲都蓋下來了。「有孤王……」使不得。朱古律，蓋蘇文，青面獠牙的……「干米一家的姑母」，血盆的大口，高聳的顴骨，狼嗥的笑響……鞭打，針灸，腳踢——喜色，呸，見鬼！唷，悶死了，不好，茶房！

廉楓想叫可是嚷不出，身上油油的覺得全是汗。醒了醒了，可了不得，這心跳得多厲害。荷蘭老婆活該遭劫，夾成了一個破爛的葫蘆。廉楓覺得口裡直髮膩，紫薑，朱古律，也不知是什麼。濃得化不開。

十七年一月

原刊 1928 年 1 月《新月》第 1 卷第 10 期，收入《輪盤》

「濃得化不開」（星加坡）

「濃得化不開」之二（香港）

「濃得化不開」之二（香港）

廉楓到了香港，他見的九龍是幾條盤錯的運貨車的淺軌，似乎有頭有尾，有中段，也似乎有隱現的爪牙，甚至在火車頭穿度那柵門時似乎有迷漫的雲氣。中原的念頭，雖則有廣九車站上高標的大鐘的暗示，當然是不能在九龍的雲氣中倖存。這在事實上也省了許多無謂的感慨。因此眼看著對岸，屋宇像櫻花似盛開著的一座山頭，如同對著希望的化身，竟然欣欣的上了渡船，從妖龍的脊背上過渡到希望的化身去。

富庶，真富庶，從街角上的水果攤看到中環乃至上環大街的珠寶店；從懸掛得如同Banyan（Banyan，榕樹。）。樹一般繁衍的臘食及海味鋪看到穿著定闊花邊豔色新裝走街的粵女；從石子街的花市看到飯店門口陳列著「時鮮」的花貍金錢豹以及在渾水盂內倦臥著的海狗魚，唯一的印象是一個不容分析的印象：濃密，琳瑯。琳瑯琳瑯，廉楓似乎聽得到鐘磬相擊的聲響。富庶，真富庶。

但看香港，至少玩香港少不了坐吊盤車上山去一趟。這吊著上去是有些好玩。海面，海港，海邊，都在軸轆聲中繼續的往下沉。對岸的山，龍蛇似盤旋著的山脈，也往下沉，但單是直落的往下沉還不奇，妙的是一邊你自身憑空的往上提，一邊綠的一角海，灰的一隴山，白的方的房屋，高直的樹，都怪相的一頭吊了起來結果是像一幅畫斜提著看似的。同時這邊的山頭從平放的饅頭變成側豎的，山腰裡的屋子從橫刺裡傾斜了去，相近的樹木也跟著平行的來。怪極了。原來一個人從來不想到他自己的地位也有不端正的時候；你坐在吊盤車裡只覺得眼前的事物都發了瘋，倒豎了起來。

但吊盤車的車裡也有可注意的。一個女性在廉楓的前幾行椅座上坐著。她滿不管車外拿大頂的世界，她有她的世界。她坐著，屈著一支腿，腦袋有時枕著椅背，眼向著車頂望，一個手指含在唇齒間。這不由人不注意。她是一個少婦與少女間的年輕女子。這不由人不注意，雖則車外的世界都在那裡倒豎著玩。

她在前面走。上山。左轉彎，右轉彎，宕一個。山腰的弧線，她在前面走。沿著山堤，靠著岩壁，轉入 Aloe（Aloe，蘆薈。）叢中，繞著一所房舍，抄一折小徑，拾幾級石磴，她在前面走。如其山路的姿態是婀娜，她的也是的。靈活的山的腰身，靈活的女人的腰身。濃濃的折疊著，融融的鬆散著。肌肉的神奇！動的神奇！

廉楓心目中的山景，一幅幅的舒展著，有的山背海，有的山套山，有的濃蔭，有的巉岩，但不論精粗，每幅的中點總是她，她的動，她的中段的擺動。但當她轉入一個比較深奧的山坳時廉楓猛然記起了 Tannhuser（通譯湯豪澤，德國 12 世紀詩人，後來成為民謠中的英雄人物。）的幸運與命運——吃靈魂的薇納絲（薇納絲，通譯維納斯，羅馬神話中愛與美的女神。）。一樣的肥滿。前面別是她的洞府。嘸，危險，小心了！

她果然進了她的洞府，她居然也回頭看來，她竟然似乎在回頭時露著微哂的瓠犀。孩子，你敢嗎？那洞府徑直的石級像直通上天。她進了洞了。但這時候路旁又發生一個新現象，驚醒了廉楓「鄧浩然」（「鄧浩然」，即上文中的Tannh user。）的遐想。一個老婆子操著最破爛的粵音問他要錢，她不是化子，至少不是職業的，因為她現成有她體面的職業。她是一個勞工。她是一個挑磚瓦的。挑磚瓦上山因紅毛人（紅毛人，對西方人的蔑稱。）要造房子。新鮮的是她同時挑著不止一副重擔，她的是局段的回覆的運輸。挑上一擔，走上一節路，空身下來再挑一擔上去，如此再下再上，再下再上。她不但有了年紀，她並且是個病人，她的喘是哮喘，不僅是登高的喘，她也咳嗽，她有時全身都咳嗽。但她可解釋錯了。她以為廉楓停步在路中是對她發生了哀憐的趣味；以為看上了她！她實在沒有注意到這位年輕人的眼光曾經飛注到雲端裡的天梯上。她實在想不到在這寂寞的山道上會有與她利益相衝突的現象。她當然不能使她失望，當得成全他的慈悲心。她向他伸直了她的一隻焦枯得像貝殼似的手，口裡呢喃著在她是最軟柔的語調。但「她」已經進洞府了。

往更高處去。往頂峰的頂上去。頭頂著天，腳踏著地尖，放眼到寥廓的天邊。這次的憑眺不是尋常的憑眺。這不是香港，這簡直是蓬萊仙島，廉楓的全身，他的全人，他的全心神，都感到了酣醉，覺得震盪。宇宙的肉身的神奇。動在靜中，靜在動中的神奇。在一剎那間，在他的眼內，要他的全生命的眼內，這當前的景象幻化成一個神靈的微笑，一折完美的歌調，一朵宇宙的瓊花。一朵宇宙的瓊花在時空不容分仳的仙掌上俄然的擎出了它全盤的靈異。山的起伏，海的起伏，光的起伏；山的顏色，水的顏色，光的顏色——形成了一種不可比況的空靈，一種不可比況的節奏，一種不可比況的諧和。一方寶石，一球純晶，一顆珠，一個水泡。

但這只是一剎那，也許只許一剎那。在這剎那間廉楓覺得他的脈搏都止息了跳動。他化入了宇宙的脈搏。在這剎那間一切都融合了，一切都消納了，一切都停止了它本體的現象的動作來參加這「剎那的神奇」的偉大的化生。在這剎那間他上山來心頭累聚著的雜格的印象與思緒夢似的消失了蹤影。倒掛的一角海，龍的爪牙，少婦的腰身，老婦人的手與乞討的碎瑣，薇納絲的洞府，全沒了。但轉瞬間現象的世界重複回還。一層紗幕，適才睜眼縱覽時頓然揭去的那一層紗幕，重複不容商榷的蓋上了大地。在你也回覆了各自的辨認的感覺這景色是美，美極了的，但不再是方才那整個的靈異。另一種文法，另一種關鍵，另一種意義；也許，但不再是那個。它的來與它的去，正如戀愛，正如信仰，不是意力可以支配，可以作主的。他這時候可以分別的賞識這一峰是一個秀挺的蓮苞，那一嶼像一隻雄蹲的海豹，或是那灣海像一鉤的眉月；他也能欣賞這幅天然畫圖的色彩與線條的配置，透視的勻整或是別的什麼，但他見的只是一座山峰，一灣海，或是一幅畫圖。他尤其驚訝那波光的靈秀，有的是綠玉，有的是紫晶，有的是琥珀，有的是翡翠，這波光接連著山嵐的晴靄，化成一種異樣的珠光，掃蕩著無際的青空，但就這也是可以指點，可以比況給你身旁的友伴的一類詩意，也不再是初起那回事。這層遮隔的紗幕是蓋定的了。

因此廉楓拾步下山時心胸的舒爽與恬適不是不和雜著，雖則是隱隱的，一些無名的惆悵。過山腰時他又飛眼望了望那「洞府」，也向路側尋覓那挑磚瓦的老婦，她還是忙著搬運著她那搬運不完的重擔。但她對他猶是他對「她」興趣遠不如上山時的那樣馥郁了。他到半山的涼座地方坐下來休息時，他的思想幾乎完全中止了活動。

原刊 1929 年 3 月《新月》第 2 卷第 1 期，收入《輪盤》

「死城」（北京的一晚）

「死城」（北京的一晚）

廉楓站在前門大街上發怔。正當上燈的時候，西河沿的那一頭還漏著一片焦黃。風算是刮過了，但一路來往的車輛總不能讓道上的灰土安息。他們忙的是什麼？翻著皮耳朵的巡警不僅得用手指，還得用口嚷，還得旋著身體向左右轉。翻了車，碰了人，還不是他的事？聲響是雜極了的，但你果然當心聽的話，這勻勻的一片也未始沒有它的節奏；有起伏，有波折，也有間歇。人海裡的潮聲。廉楓覺得他自己坐著一葉小艇從一個濤峰上顛渡到又一個濤峰上。他的腳尖在站著的地方不由的往下一按，彷彿信不過他站著的是堅實的地土。

在灰土狂舞的青空兀突著前門的城樓，像一個腦袋，像一個骷髏。青底白字的方塊像是骷髏臉上的窟窿，顯著無限的憂鬱，廉楓從不曾想到前門會有這樣的面目。它有什麼憂鬱？它能有什麼憂鬱。可也難說，明陵的石人石馬，公園的公理戰勝碑，有時不也看得發愁？總像是有滿肚的話無從說起似的。這類東西果然有靈性，能說話，能衝著來往人們打哈哈，那多有意思？但前門現在只能沉默，只能忍受——忍受黑暗，忍受漫漫的長夜。它即使有話也得過些時候再說，況且它自己的腦殼都已讓給蝙蝠們、耗子們做了家，這時候它們正在活動——它即使能說話也不能說。這年頭一座城門都有難言的隱衷，真是的！在黑夜的逼近中，它那壯偉，它那博大，看得多麼遠，多麼孤寂，多麼冷。

大街上的神情可是一點也不見孤寂，不見冷。這才是紅塵，顏色與光亮的一個鬥勝場，夠好看的。你要是拿一塊綢絹蓋在你的臉上再望這一街的紅豔，那完全另是一番景象。你沒有見過威尼市（通譯威尼斯。）大運河上的晚照不是？你沒有見過納爾遜（英國海軍統帥，他指揮的英國艦隊曾在地中海稱雄一時。）大將在地中海口轟打拿破崙艦隊不是？你也沒有見過四川青城山的朝霞，英倫泰晤士河上霧景不是？好了，這來用手絹一護眼看前門大街——你全見著了！一轉手解開了無窮的想像的境界，多巧！廉楓搓弄著他那方綢絹。不是不得意他的不期的發見。但他一轉身又瞥見了前門城樓的一角，在灰蒼中隱現著。

進城吧。大街有什麼好看的？那外表的熱鬧正使人想起喪事人家的鼓吹，越喧闐越顯得淒涼。況且他自己的心上又橫著一大餅（這裡用的「餅」字，是江浙方言中帶有修辭性的量詞，有「壓實」、「緊密」的意思。）的涼，涼得發痛。彷彿他內心的世界也下了雪，路旁的樹枝都蘸著銀霜似的。道旁樹上的冰花可真是美；直條的，橫條的，肥的瘦的，梅花也欠他幾分晶瑩，又是那恬靜的神情，受苦還是含笑。可不是受苦，小小的生命躲在枝幹最中心的纖維裡耐著風雪的侵凌——它們那心窩裡也有一大餅的涼但它們可不怨；它們明白，它們等著，春風一到它們就可抬頭，它們知道，榮華是不斷的，生命是悠久的。

生命是悠久的。這大冷天，雪風在你的頸根上直刺，蟲子潛伏在泥土裡等打雷，心窩裡帶著一餅子的涼，你往哪兒去？上城牆去望望不好嗎？屋頂上滿鋪著銀，僵白的樹木上也不見惱人的春色，況且那東南角上亮亮的不是上弦的月正在升起嗎？月與雪是有默契的。殘破的城磚上停留著殘雪的斑點，像是無名的傷痕，月光淡淡的斜著來，如同有手指似的撫摩著它的荒涼的夥伴。獵夫星正從天邊翻身起來，腰間翹著箭囊，賣弄著他的英勇。西山的屏巒竟許也望得到，青青的幾條髮絲勾勒著沉鬱的暝色，這上面懸照著太白星耀眼的寶光。靈光寺的木葉，祕魔岩的沉寂，香山的凍泉，碧雲山的雲氣，山坳間或有一星二星的火光；在雪意的慘淡裡點綴著慘淡的人跡……這算計不錯，上城牆去，犯著寒，冒著夜。黑黑的，孤零零的，看月光怎樣把我的身影安置到雪地裡去，廉楓正走近交民巷一邊的城根，聽著美國兵營的溜冰場裡的一陣笑響，忽然記起這邊是帝國主義的禁地，中國人怕不讓上去。果然，那一個長六尺高一臉糟瘢守門兵只對他搖了搖腦袋，磨著他滿口的橡皮，挺著胸脯來回走他的路。

不讓進去，辜負了，這荒城，這涼月，這一地的銀霜。心頭那一餅還是不得疏散。郁得更涼了。不到一個適當的境地你就不敢拿你自己儘量的往外放，你不敢面對你自己；不敢自剖。彷彿也有個糟瘢臉的把著門哪。他不讓進去。有人得喝夠了酒才敢打倒那糟瘢臉的。有人得仰伏迷醉的月色。人是這軟弱。什麼都怕，什麼都不敢當面認一個清切；最怕看見自己。得！還有什麼地方可去的？敢去嗎？

廉楓抬頭望了望星。疏疏的沒有幾顆。也不顯亮。七姊妹倒看得見，挨得緊緊的，像一球珠花。順著往東去不好嗎？往東是順的。地球也是這麼走。但這陌生的胡同在夜晚，覺得多深沉，多窈遠。單這靜就怕人。半天也不見一副賣蘿蔔或是賣雜吃的小擔。他們那一個小火，照出紅是紅青是青的，在深巷裡顯得多可親，多玲瓏，還有他們那叫賣聲，雖則有時曳長得叫人聽了悲酸，也是深巷裡不可少的點綴。就像是空白的牆壁上掛上了字畫，不論精粗，多少添上一點人間的趣味。你看他們把擔子歇在一家門口，站直了身子，昂著腦袋，咧著大口唱——唱得脖子裡筋都暴起了。這來鄰近哪家都不能不

「死城」（北京的一晚）

聽見。那調兒且在那空氣裡轉著哪——他們自個兒的口鼻間蓬蓬的晃著一團的白雲。

今晚什麼都沒有。狗都不見一隻。家門全是關得緊緊的。牆壁上的油燈——一小米的火——活像是鬼給點上的。方便鬼的。騾馬車碾爛的雪地，在這鬼火的影映下，都滿是鬼意。鬼來跳舞過的。化子們叫雪給埋了。口袋裡有的是銅子，要見著化子，在這年頭，還有不布施的？靜：空虛的靜，墓底的靜。這胡同簡直沒有個底。方才拐了沒有？廉楓望了望星知道方向沒有變。總得有個盡頭，趕著走吧。

走完了胡同到了一個曠場。白茫茫的。頭頂星顯得更多更亮了。獵夫早就全身披掛的支起來了，狗在那一頭領著路。大熊也見了。廉楓打了一個寒噤。他走到了一座墳山。外國人的，在這城根。也不知怎麼的，門沒有關上。他進了門。這兒地上的雪比道上的白得多，鬆鬆的滿沒有斑點。月光正照著，墓碑有不少，疏朗朗的排列著，一直到黑巍巍的城根。有高的，有矮的，也有雕鏤著形象的。悄悄的全戴著雪帽，蓋著雪被，悄悄的全躺著。這倒有意思，月下來拜會洋鬼子，廉楓嘆了一口氣。他走近一個墓墩，拂去了石上的雪，坐了下去。石上刻著字，許是金的，可不易辨認。廉楓拿手指去摸那字跡。冷極了！那雪湮過的石板啄墨紙似的猛收著他手指上的體溫，冷得發僵，感覺都失了。他哈了口氣再摸，彷彿人家不願意你非得請教姓名似的。摸著了，原來是一位姑娘。FRAULEIN ELIZA BERKSON。還得問幾歲，這字小更費事，可總得知道。早三年死的二十八除六是二十二。呀，一位妙年姑娘，才二十二歲的！廉楓感到一種奇異的顫慄，從他的指尖上直通到發尖；彷彿身背著一個黑影子在晃動。但雪地上只有淡白的月光，黑影子是他自己的。

做夢也不易夢到這般境界。我陪著你哪，外國來的姑娘。廉楓的肢體在夜涼裡凍得發了麻，就是胸潭裡一顆心熱熱的跳著，應和著頭頂明星的閃動。人是這軟弱他非得要同情。盤踞在肝腸深處的那些非得要一個盡情傾吐的機會。活的時候得不著，臨死，只要一口氣不曾斷，還非得招承，眼珠已經褪了光，發音都不得清楚他一樣非得懺悔。非得到永別生的時候人才有膽量，才沒有顧忌。每一個靈魂裡都安著一點謊謊能進天堂嗎？你不是也對那穿黑長袍胸前掛金十字的老先生說了你要說的話才安心到這石塊底下躺著不是，貝克生姑娘？我還不死哪。但這靜定的夜景是多大一個引誘！我覺得我的身子已經死了，就只一點子靈性在一個夢世界的浪花裡浮萍似的飄著。空靈，安逸。夢世界是沒有牆圍的。沒有涯涘的。你得寬恕我的無狀，在昏夜裡踞坐在你的寢次，姑娘。

但我已然感到一種超凡的寧靜，一種解放，一種瑩澈的自由。這也許是你的靈感——你與雪地上的月影。

我不能承受你的智慧，但你卻不能吝惜你的容忍。我不是你的誰，不是你的朋友，不是你的相知，但你不能不認識我現在向你訴說的憂愁，你——廉楓的手在石板的一頭觸到了凍僵的一束什麼。一把萎謝了的花——玫瑰。有三朵，叫雪給湮僵了。他親了親花瓣上的凍雪。我羨慕你在人間還有未斷的恩情，姑娘，但這也是個累贅，說到徹底的話。這三朵香豔的花放上你的頭邊——他或是你的親屬或是你的知己——你不能不生感動不是？我也曾經親自到山谷裡去採集野香去安放在我的她的頭邊。我的熱淚滴上冰冷的石塊時，我不能懷疑她在泥土裡或在星天外也含著悲酸在體念我的情意。但她是遠在天的又一方，我今晚只能借景來抒解我的苦辛。

人生是辛苦的。最辛苦是那些在黑茫茫的天地間尋求光熱的生靈。可憐的秋蛾，他永遠不能忘情於火焰。在泥草間化生，在黑暗裡飛行，抖擻著翅羽上的金粉——它的願望是在萬萬里外的一顆星。那是我。見著光就感到激奮，見著光就顧不得粉脆的軀體，見著光就滿身充滿著悲慘的神異，殉獻的奇麗——到火焰的底裡去實現生命的意義。那是我。天讓我望見那一柱光！那一個靈異的時間！「也就一半句話，甘露活了枯芽。」我的生命頓時豁裂成一朵奇異的願望的花。「生命是悠久的」，但花開只是朝露與晚霞間的一段插話。殷勤是夕陽的顧盼，為花事的榮悴關心。可憐這心頭的一撮土，更有誰來憑弔？「你的煩惱我全知道，雖則你從不曾向我說破；你的憂愁我全明白，為你我也時常難受。」清麗的晨風，吹醒了大地的榮華！「你耐著吧，美不過這半綻的蓓蕾。」「我去了，你不必悲傷，珍重這一卷詩心，光彩常留在星月間。」她去了！光彩常在星月間。

陌生的朋友，你不嫌我話說得晦澀吧。我想你懂得。你一定懂。月光染白了我的髮絲，這枯槁的形容正配與墓墟中人作伴；它也彷彿為我照出你長眠的寧靜……那不是我那她的眉目？迷離的月影，你何妨為我認真來刻劃個靈通？她的眉目；我如何能遺忘你那永訣時的神情！竟許就那一度，在生死的邊沿，你容許我懷抱你那生命的本真；在生死的邊沿你容許我親吻你那性靈的奧隱；在生死的邊沿，你容許我哺啜你那妙眼的神輝。那眼，那眼！愛的純粹的精靈迸裂在神異的剎那間！你去了，但你是永遠留著。從你的死，我才初次會悟到生。會悟到生死間一種幽玄的絲縷。世界是黑暗的，但我卻永久存儲著你的不死的靈光。

「死城」（北京的一晚）

廉楓抬頭望著月。月也望著他。青空添深了沉默。城牆外彷彿有一聲鴉啼，像是裂帛，像是鬼嘯。牆邊一枝樹上拋下了一捧雪，亮得輝眼。這還是人間嗎？她為什麼不來，像那年在山中的一夜？

「我送別她歸去，與她在此分離，在青草裡飄拂，她的潔白的裙衣。」

詭異的人生！什麼古怪的夢希望在你擎上手掌估計份量時，已經從你的手指間消失，像是發珠光的青汞。什麼都得變成灰，飛散，飛散，飛散……我不能不羨慕你的安逸，緘默的墓中人！我心頭還有火在燒，我懷著我的寶；永沒有人能探得我的痛苦的根源，永沒有人知曉，到那天我也得瞑目時，我把我的寶還交給上帝：除了他更有誰能賜與，能承受這生命的生命？我是幸福的！你不羨慕我嗎，朋友？

我是幸福，因為我愛，因為我有愛。多偉大，多充實的一個字！提著它胸肋間就透著熱，放著光，滋生著力量。多謝你的同情的傾聽。長眠的朋友，這光陰在我是希有的奢華。這又是北京的清靜的一隅。在涼月下，在荒城邊，在銀霜滿樹時。但北京——廉楓眼前又扯亮著那獰惡的前門。像一個腦袋，像一個骷髏。喪事人家的鼓樂。北海的蘆葦。榮葉能不死嗎？在晚照的金黃中，有孤鶩在冰面上飛。銷沉，銷沉。更有誰眷念西山的紫氣？她是死了——一堆灰。北京也快死了——準備一個鉢盂，到枯木林中去安排它的葬事。有什麼可說的？再會吧，朋友，還有什麼可說的？

他正想站起身走，一回頭見進門那路上彷彿又來了一個人影。肥黑的一團在雪地上移著，遲遲的移著，向著他的一邊來。有樹攔著，認不真是什麼，是人嗎？怪了，這是誰？在這大涼夜還有與我同志的嗎？為什麼不，就許你嗎？可真是有些怪，它又不動了，那黑影子絞和著一棵樹影，像一個大包袱。不能是鬼吧。為什麼發噤，怕什麼的？是人，許是又一個傷心人，是鬼，也說不定它別有懷抱。竟許是個女子，誰知道！在涼月下，在荒塚間，在銀霜滿地時。它傴僂著身子哪，像是撿什麼東西。不能是個化子——化子化不到墓園裡來。唷，它轉過來了！

它過來了，那一團的黑影。走近了。站定了，他也望著坐在墳墩上的那個發愣哪。是人，還是鬼，這月光下的一堆？他也在想。「誰？」粗糙的，沉濁的口音。廉楓站起了身，哈著一雙凍手。「是我，你是誰？」他是一個矮老頭兒，屈著肩背，手插在他的一件破舊制服的破袋裡。「我是這兒看門的。」他也走到了月光下。活像《哈姆雷德》裡一個掘墳的，廉楓覺得有趣，比一個妙年女子，不論是鬼是人，都更有趣。「先生，

「死城」（北京的一晚）

你什麼時候進來的？我哼是睡著了，那門沒有關嚴嗎？」「我進來半天了。」「不涼嗎，您坐在這石頭上？」「就你一個人看著門的？」「除了我這樣的苦小老兒，誰肯來當這苦差？」「你來有幾年了？」「我怎麼知道有幾年了！反正老佛爺沒有死，我早就來了。這該有不少年份了吧，先生？我是一個在旗吃糧的，您不看我的衣服？」「這兒常有人來不？」「倒是有。除了洋人拿花來上墳的，還有學生也有來的，多半是一男一女的。天涼了就少有來的了。你不也是學生嗎？」他斜著一雙老眼打量廉楓的衣服。「你一個人看著這麼多的洋鬼不害怕？」老頭他樂了。這話問得多幼稚，準是個學生，年紀不大。「害怕？人老了，人窮了，還怕什麼的！再說我這還不是靠鬼吃一口飯嗎？靠鬼，先生！」「你有家不，老頭兒！」「早就死完了。死乾淨了。」「你自己怕死不，老頭兒？」老頭又樂了。「先生，您又來了！人窮了，人老了，還怕死嗎？你們年輕人愛玩兒，愛樂，活著有意思，咱們哪說得上？」他在口袋裡掏出一塊黑絹子擤著他的凍鼻子。這聲音聽大了。城圈裡又有回音，這來墳場上倒添了不少生氣。那邊樹上有幾隻老鴉也給驚醒了，亮著他們半凍的翅膀。「老頭，你想是生長在北京的吧？」「一輩子就沒有離開過。」「那你愛不愛北京？」老頭簡直想咧個大嘴笑。這學生問的話多可樂！

愛不愛北京？人窮了，人老了，有什麼愛不愛的？「我說給您聽聽吧」他有話說。

「就在這兒東城根，多的是窮人，苦人。推土車的，推水車的，住閒的，殘廢的，全跟我一模一樣的，生長在這城圈子裡，一輩子沒有離開過。一年就比一年苦，稻米一年比一年貴。土堆裡煤渣多撿不著多少。誰生得起火？有幾頓吃得飽的？夏天還可對付，冬天可不能含糊。凍了更餓，餓了更凍。又不能吃土。就這幾天天下大雪，好；狗都癟了不少！」老頭又擤了擤鼻子。「聽說有錢的人都搬走了，往南，往東南，發財的，升官的，全去了。窮人苦人哪走得了？有錢人走了他們更苦了，一口冷飯都討不著。北京就像個死城，沒有氣了，您知道！哪年也沒有本年的冷清。您聽聽，什麼聲音都沒有，狗都不叫了！前兒個我還見著一家子夫妻倆帶著三個孩子餓急了，又不能做賊，就商量借把刀子破肚子見閻王爺去。可憐著哪，那男的一刀子捅了他媳婦的肚子，腸子漏了，血直冒，算完了一個，等他抹回頭拿刀子對自個兒的肚子撩，您說怎麼了，那女的眼還睜著沒有死透，眼看著她丈夫拿刀扎自己，一急就拼著她那血身體向刀口直推，您說怎麼了，她那手正衝著刀鋒，快著哪，一隻手，四根手指，就讓白蘿蔔似的給批了下來，脆著哪！那男的一看這神兒，一心痛就痛偏了心，擲了刀轉身就往外跑，滿口瘋嚷嚷的喊救命，這一跑誰知他往哪兒去了，昨兒個盔甲廠派出所的巡警說起這件事都撐不住淌眼淚哪。同是人不是，人總是一條心，這苦年頭誰受得了？苦人倒是愛面子，又不能偷人家的。真急了就吊，不吊就往水裡淹，大雪天河溝凍了淹不了，就借把刀子抹脖子拉肚腸根。是窮末，有什麼說的？好，話說回來了，您問我愛不愛北京。人窮了，人苦了，還有什麼路走？愛什麼！活不了，就得愛死！我不說北京就像個死城嗎？我說它簡直死定了！我還掏了二十個大子給那一家三小子買窩窩頭吃。才可憐哪！好，愛不愛北京？北京就是這死定了，先生！還有什麼說的？」

廉楓出了墳園低著頭走，在月光下走了三四條老長的胡同才雇到一輛車。車往西北正頂著刀尖似的涼風。他裹緊了大衣，烤著自己的呼吸，心裡什麼念頭都給凍僵了。有時他睜眼望望一街陰慘的街燈，又看看那上年紀的車伕在滑溜的雪道上頂著風一步一步的挨，他幾回都想叫他停下來自己下去讓他坐上車拉他，但總是說不出口。半圓的月在雪道上亮著它的銀光。夜深了。

原刊 1929 年 1 月《新月》第 1 卷第 11 期，收入《輪盤》

給新月

給新月

新月的朋友，這時候你們在那裡？太陽還不曾下山，我料想你們各有各的職務，在學堂的，上衙門的，有在公園散步的，也有弄筆墨的調顏色的，我親愛的朋友們，我在這裡想唸著你們！

我現在的地方是你們大多數不曾到過的。你們知道西伯利亞有一個貝加爾湖；這半天，我們的車就繞著那湖的沿岸走。我現在靠窗口震震的寫字，左首只是巉岩與絕壁，右面就是那大湖，什麼湖，簡直是一個雪海，上帝知道這底下冰結的多深，對岸是重巒疊嶂的山嶺，無數戴雪帽的高峰在晚霞中自傲著他們的高潔。這裡的天光也好像是特別的澄清，方才下午的天真是一清到底，一屑雲氣都沒有，這時候沿湖蒸起了薄靄，也有三兩條古銅色的凍雲在對岸的山峰間橫亙著。方才我寫信給一個朋友說這雪地裡的靜是一種特有的意境，最使人發生遐想。我面對著這偉大的自然，不由我不內動了感興；我的身體雖只是這冰天雪地裡的一個微蟻，但我內心頓時擴大了的思想與情感卻彷彿要衝破這渺小的軀體，向沒遮攔的天空飛去。朋友們，你們有我的想念；我早已想寫信給你們，要你們知道我是隨時記著你們的，我不曾早著筆也有我的打算：這一路來忙著轉車，不曾有一半天的安逸；長白山邊，松花江畔，都叫利慾的人間薰改了氣味，那時我便提筆亦只有厭惡與憤慨，今天難得有這貝加爾湖的晴爽，難得有我自己心懷的舒暢，所以我抖擻精神，決意來開始這番漫遊的通信。

今天我不僅想念我的朋友，我也想念我的新月。

我快離京的時候有幾位朋友，聽說我要到歐洲去，就很替新月社擔憂；他們說你這一去新月社一定受影響，即使不至於關門恐怕難免狼狽。這話我聽了很不願意，因為在這話裡可以看出一般人對於新月社究竟是什麼一會事並沒有應有的瞭解。但這也不能深怪，因為我們志願雖則有，到現在為止卻並不曾有相當的事跡來證實我們的志願，所以外界如其不甚瞭解乃至誤解新月社的旨趣時，我們除了自己還怨誰去？我是發起這志願最早的一個人，憑這個資格我想來說幾句關於新月的話。

組織是有形的，理想是看不見的。新月初起時只是少數人共同的一個想望，那時的新月社只是個口頭的名稱，與現在松樹胡同七號那個新月社俱樂部可以說並沒有怎樣密切的血統關係。我當初想望的是什麼呢？當然只是書呆子們的夢想！我們想做戲，我們想集合幾個人的力量，自編戲自演，要得的請人來看，要不得的反正自己好玩。說也可慘，去年四月裡演的《契玦臘》要算是我們這一年來唯一的成績，而且還得多謝泰谷爾老先生的生日逼出來的！去年年底也曾忙了兩三個星期想排演西林先生的幾個小戲，也不知怎的始終沒有排成。隨時產生的主意盡有，想做這樣，想做那樣，但結果還是一事無成。

同時新月社的俱樂部，多謝黃子美先生的能幹與勞力，居然有了著落。房子不錯，佈置不壞，廚子合式，什麼都好，就是一件事為難——經費。開辦費是徐申如先生（我的父親）與黃子美先生墊在那裡的，據我所知，分文都沒有歸清。經常費當然單靠社員的月費，照現在社員的名單計算，假如社員一個個都能按月交費，收支勉強可以相抵。但實際上社費不易收齊，支出卻不能減少，單就一二兩月看，已經不免有百數以外的虧空。有虧空時問誰借錢彌補去？當然是問管事的。——但這情形是絕不可以為常的。黃先生替我們大家當差，做總管事，社裡大小的事情那一樣能免得了煩他，他不向我們要酬勞已是我們的便宜，再要他每月自掏腰包貼錢，實在是太說不過去了。所以怪不得他最初聽說我要到歐洲去，他真的眼睛都瞪紅了。他說你這不是成心拆台，我非給你拚命不可！固然黃先生把我與新月社的關係看得太過分些，但在他的確有他的苦衷，這裡也不必細說，反正我住在裡面，碰著緩急時他總還可以抓著一個，如果我要是一溜煙走了，跟著大爺們愛不交費就不交費，愛不上門就不上門，這一來黃爺豈不吃飽了黃連，含著一口的苦水叫他怎麼辦？原先他貼錢賠工夫費心思原想博大家一個高興，如果要是大家一翻臉說辦什麼俱樂部這不是你自個兒活該，那可以不是隨便開的玩笑？黃爺一灰心，不用提第一個就咒徐志摩，他真會拿手槍來找我都難說哩！所以我就為預防我個人的安全起見也得奉求諸位朋友們協力幫忙，維持這俱樂部的生命。

這當然是笑話，認真說，假如大多數的社員的進社都是為敷衍交情來的，實際上對於新月社的旨趣及他的前途並沒有多大的同情，那事情倒好辦。新月社有的是現成的設備，也不能算惡劣，我們盡可以趁早來拍賣，好在西交民巷就在間壁，不怕沒有主顧，有餘利可賺都說不定哩！搭臺難坍臺還不容易，要好難，下流還不容易。銀行家要不出相當的價錢，政客先生們那裡也可以想法，反正只要開辦費有了著落，大家散夥就完事。

但那是頂悽慘的末路，不必要的一個設想；我們盡可以向有光亮處尋路。我們現在不必問社員們究竟要不要這俱樂部，俱樂部已經在那兒，只要大家盡一分子的力量，事情就好辦。問題是在我們這一群人，在這新月的名義下結成一體。寬緊不論，究竟想做些什麼？我們幾個創始人得承認在這兩個月內我們並沒有露我們的稜角。在現今的社會裡，做事不是平庸便是下流，做人不是儒夫便是鄉愿。這露稜角（在有稜角可露的）幾乎是我們對人對己兩負的一種義務。有一個要得的俱樂部，有舒服沙發躺，有可口的飯菜吃，有相當的書報看，也就不壞；但這躺沙發絕不是我們結社的宗旨，吃好菜也不是我們的目的。不錯，我們曾經開過會來，新年有年會，元宵有燈會，還有什麼古琴會、書畫會、讀書會，但這許多會也只能算是時令的點綴，社友偶爾的興致，絕不是真正新月的清光，絕不是我們想像中的稜角。假如我們的設備上是書畫琴棋外加茶酒，假如我們舉措的目標上是有產有業階級的先生太太們的娛樂消遣，那我們新月社豈不變了一個古式的新世界或是新式的舊世界了嗎？這 Petty bourgeois 的味兒我第一個就受不了。

同時神經敏銳的先生們對我們新月社已經生了不少奇妙的揣詳。因為我們社友裡有在銀行裡做事的就有人說我們是資本家的機關。因為我們社友有一兩位出名的政客就有人說我們是某黨某系的機關。因為我們社友裡有不少北大的同事就有人說我們是北大學閥的機關。因為我們社友裡有男有女就有人說我們是過激派。這類的閒話多著哩；但這類的腦筋正彷彿那位躺在床上喊救命的先生，他睡夢中見一隻車輪大的怪物張著血盆大的口要來吃他，其實只是他夫人那裡的一個跳蚤爬上了他的腹部！

跳蚤我們是不怕的，但露不出稜角來是可恥的。這時候，我一個人在西伯利亞大雪地裡空吹也沒有用，將來要有事情做，也得大家協力幫忙才行。幾個愛做夢的人，一點子創作的能力，一點子不服輸的傻氣，合在一起什麼朝代推不翻，什麼事業做不成？當初羅剎蒂一家幾個兄妹合起莫利思朋瓊司幾個朋友在藝術界裡就開闢了一條新道，蕭伯訥衛伯夫婦合在一起在政治思想界裡也就開闢了一條新道。新月新月，難道我們這新月便是用紙版剪的不成？朋友們等著，兄弟上阿爾帕斯的時候再與你們談天。

三月十四日西伯利亞

我所知道的康橋

我所知道的康橋

一

我這一生的周折，大都尋得出感情的線索。不論別的，單說求學。我到英國是為要從羅素（英國哲學家，邏輯學家，1921年曾來中國講學。）羅素來中國時，我已經在美國。他那不確的死耗傳到的時候，我真的出眼淚不夠，還做悼詩來了。他沒有死，我自然高興。我擺脫了哥比亞（這裡指哥倫比亞大學，在美國紐約。）大博士銜的引誘，買船票過大西洋，想跟這位二十世紀的福祿泰爾（通譯伏爾泰（1694-1778），法國啟蒙思想家，哲學家、作家。）認真念一點書去。誰知一到英國才知道事情變樣了：一為他在戰時主張和平，二為他離婚，羅素叫康橋給除名了，他原來是Trinity College的fellow（即三一學院（屬劍橋大學）的評議員。）這來他的fellowship（即評議員資格）也給取消了。他回英國後就在倫敦住下，夫妻兩人賣文章過日子。因此我也不曾遂我從學的始願。我在倫敦政治經濟學院裡混了半年，正感著悶想換路走的時候，我認識了狄更生（英國作家，學者，徐志摩在英國期間曾得到其幫助。）先生。狄更生——Galsworthy Lowes Dickinson——是一個有名的作者，他的《一個中國人通信》（Letters from John

Chinaman）與《一個現代聚餐談話》（A Modern Symposium）兩本小冊子早得了我的景仰。我第一次會著他是在倫敦國際聯盟協會席上，那天林宗孟先生演說，他做主席；第二次是宗孟寓裡喫茶，有他。以後我常到他家裡去。他看出我的煩悶，勸我到康橋去，他自己是王家學院（Kings College）的fellow。我就寫信去問兩個學院，回信都說學額早滿了，隨後還是狄更生先生替我去在他的學院裡說好了，給我一個特別生的資格，隨意選科聽講。從此黑方巾、黑披袍的風光也被我占著了。初起我在離康橋六英里的鄉下叫沙士頓地方租了幾間小屋住下，同居的有我從前的夫人張幼儀女士與郭虞裳君。每天一早我坐街車（有時自行車）上學，到晚回家。這樣的生活過了一個春，但我在康橋還只是個陌生人，誰都不認識，康橋的生活，可以說完全不曾嘗著，我知道的只是一個圖書館，幾個課室，和三兩個吃便宜飯的茶食鋪子。狄更生常在倫敦或是大陸上，所以也不常見他。那年的秋季我一個人回到康橋，整整有一學年，那時我才有機會接近真正的康橋生活，同時我也慢慢的「發現」了康橋。我不曾知道過更大的愉快。

二

「單獨」是一個耐尋味的現象。我有時想它是任何發現的第一個條件。你要發現你的朋友的「真」，你得有與他單獨的機會。你要發現你自己的真，你得給你自己一個單獨的機會。你要發現一個地方（地方一樣有靈性），你也得有單獨玩的機會。我們這一輩子，認真說，能認識幾個人？能認識幾個地方？我們都是太匆忙，太沒有單獨的機會。說實話，我連我的本鄉都沒有什麼瞭解。康橋我要算是有相當交情的，再次許只有新認識的翡冷翠了。阿，那些清晨，那些黃昏，我一個人發痴似的在康橋！絕對的單獨。

但一個人要寫他最心愛的對象，不論是人是地，是多麼使他為難的一個工作？你怕，你怕描壞了它，你怕說過分了惱了它，你怕說太謹慎了辜負了它。我現在想寫康橋，也正是這樣的心理，我不曾寫，我就知道這回是寫不好的——況且又是臨時逼出來的事情。但我卻不能不寫，上期預告已經出去了。我想勉強分兩節寫：一是我所知道的康橋的天然景色；一是我所知道的康橋的學生生活。我今晚只能極簡的寫些，等以後有興會時再補。

三

康橋的靈性全在一條河上；康河，我敢說是全世界最秀麗的一條水。河的名字是葛蘭大（Granta），也有叫康河（River Caun）的，許有上下流的區別，我不甚清楚。河身多的是曲折，上游是有名的拜倫潭——「Byron's Pool」——當年拜倫常在那裡玩的；有一個老村子叫格蘭騫斯德，有一個果子園，你可以躺在纍纍的桃李樹蔭下喫茶，花果會吊入你的茶杯，小雀子會到你桌上來啄食，那真是別有一番天地。這是上游；下游是從騫斯德頓下去，河面展開，那是春夏間競舟的場所。上下河分界處有一個壩築，水流急得很，在星光下聽水聲，聽近村晚鐘聲，聽河畔倦牛芻草聲，是我康橋經驗中最神祕的一種：大自然的優美、寧靜，調諧在這星光與波光的默契中不期然的淹入了你的性靈。

但康河的精華是在它的中流，著名的「Backs」，這兩岸是幾個最蜚聲的學院的建築。從上面下來是Pembroke、St.Katharine's、King's、Clare、Trinity、St.John's。最令人留連的一節是克萊亞與王家學院的毗連處，克萊亞的秀麗緊鄰著王家教堂（King's Chapel）的宏偉。別的地方盡有更美更莊嚴的建築，例如巴黎賽因河的羅浮宮一帶，威尼斯的利阿爾多大橋的兩岸，翡冷翠維基烏大橋的週遭；但康橋的「Backs」自有它的特長，這不容易用一二個狀詞來概括，它那脫盡塵埃氣的一種清澈秀逸的意境可說是超出了畫圖而化生了音樂的神味。再沒有比這一群建築更調諧更勻稱的了！論畫，可比的許只有柯羅（Corot）的田野；論音樂，可比的許只有蕭班（通譯蕭邦（1810-1849）波蘭作曲家，鋼琴家。）（Chopin）的夜曲。就這，也不能給你依稀的印象，它給你的美感簡直是神靈性的一種。

假如你站在王家學院橋邊的那棵大椈樹蔭下眺望，右側面，隔著一大方淺草坪，是我們的校友居（Fellows Building），那年代並不早，但它的嫵媚也是不可掩的，它那蒼白的石壁上春夏間滿綴著豔色的薔薇在和風中搖顫，更移左是那教堂，森林似的尖閣不可逸的永遠直指著天空；更左是克萊亞，阿！那不可信的玲瓏的方庭，誰說這不是聖克萊亞（St.Clare）的化身，那一塊石上不閃耀著她當年聖潔的精神？在克萊亞後背隱約可辨的是康橋最潢貴最驕縱的三清學院（Trinity），它那臨河的圖書樓上坐鎮著拜倫神采驚人的雕像。

但這時你的注意早已叫克萊亞的三環洞橋魔術似的攝住。你見過西湖白堤上的西泠斷橋不是（可憐它們早已叫代表近代醜惡精神的汽車公司給踩平了，現在它們跟著蒼涼的雷峰永遠辭別了人間）？你忘不了那橋上斑駁的蒼苔，木柵的古色，與那橋拱下泄露的湖光與山色不是？克萊亞並沒有那樣體面的襯托，它也不比廬山棲賢寺旁的觀音橋，上瞰五老的奇峰，下臨深潭與飛瀑；它只是怯憐憐的一座三環洞的小橋，它那橋洞間也只掩映著細紋的波鱗與婆娑的樹影，它那橋上櫛比的小穿闌與闌節頂上雙雙的白石球，也只是村姑子頭上不誇張的香草與野花一類的裝飾；但你凝神的看著，更凝神的看著，你再反省你的心境，看還有一絲屑的俗念沾滯不？只要你審美的本能不曾汩滅時，這是你的機會實現純粹美感的神奇！

但你還得選你賞鑑的時辰。英國的天時與氣候是走極端的。冬天是荒謬的壞，逢著連綿的霧盲天你一定不遲疑的甘願進地獄本身去試試；春天（英國是幾乎沒有夏天的）是更荒謬的可愛，尤其是它那四五月間最漸緩最豔麗的黃昏，那才真是寸寸黃金。在康河邊上過一個黃昏是一服靈魂的補劑。阿！我那時蜜甜的單獨，那時蜜甜的閒暇。一晚又一晚的，只見我出神似的倚在橋闌上向西天凝望——

看一回凝靜的橋影，

數一數螺細的波紋，

我所知道的康橋

我倚暖了石闌的青苔，
青苔涼透了我的心坎……
還有幾句更笨重的怎能彷彿那游絲似輕妙的情景：
難忘七月的黃昏，遠樹凝寂，
像墨潑的山形，襯出輕柔暝色，
密稠稠，七分鵝黃，三分橘綠，
那妙意只可去秋夢邊緣捕捉……

四

這河身的兩岸都是四季常青最蔥翠的草坪。從校友居的樓上望去，對岸草場上，不論早晚，永遠有十數匹黃牛與白馬，脛蹄沒在恣蔓的草叢中，從容的在咬嚼，星星的黃花在風中動盪，應和著它們尾鬃的掃拂。橋的兩端有斜倚的垂柳與椈蔭護住；水是澈底的清澄，深不足四尺，勻勻的長著長條的水草。這岸邊的草坪又是我的愛寵，在清朝，在傍晚，我常去這天然的織錦上坐地，有時讀書，有時看水；有時仰臥著看天空的行雲，有時反僕著摟抱大地的溫軟。

但河上的風流還不止兩岸的秀麗。你得買船去玩。船不止一種：有普通的雙槳划船，有輕快的薄皮舟（Canoe），有最別緻的長形撐篙船（Punt）。最末的一種是別處不常有的：約莫有二丈長，三尺寬，你站直在船梢上用長竿撐著走的。這撐是一種技術。我手腳太蠢，始終不曾學會。你初起手嘗試時，容易把船身橫住在河中，東顛西撞的狼狽。英國人是不輕易開口笑人的，但是小心他們不出聲的皺眉！也不知有多少次河中本來優閒的秩序叫我這莽撞的外行給搗亂了。我真的始終不曾學會；每回我不服輸跑去租船再試的時候，有一個白鬍子的船家往往帶譏諷的對我說：「先生，這撐船費勁，天熱累人，還是拿個薄皮舟溜溜吧！」我那裡肯聽話，長篙子一點就把船撐了開去，結果還是把河身一段段的腰斬了去！

你站在橋上去看人家撐，那多不費勁，多美！尤其在禮拜天有幾個專家的女郎，穿一身縞素衣服，裙裾在風前悠悠的飄著，戴一頂寬邊的薄紗帽，帽影在水草間顫動，你看她們出橋洞時的姿態，捻起一根竟像沒有份量的長竿，只輕輕的，不經心的往波心裡一點，身子微微的一蹲，這船身便波的轉出了橋影，翠條魚似的向前滑了去。她們那敏捷，那閒暇，那輕盈，真是值得歌詠的。

在初夏陽光漸暖時你去買一支小船，划去橋邊蔭下躺著念你的書或是做你的夢，槐花香在水面上飄浮，魚群的唼喋聲在你的耳邊挑逗。或是在初秋的黃昏，近著新月的寒光，望上流僻靜處遠去。愛熱鬧的少年們攜著他們的女友，在船沿上支著雙雙的東洋彩紙燈，帶著話匣子，船心裡用軟墊鋪著，也開向無人跡處去享他們的野福——誰不愛聽那水底翻的音樂在靜定的河上描寫夢意與春光！

住慣城市的人不易知道季候的變遷。看見葉子掉知道是秋，看見葉子綠知道是春；

天冷了裝爐子，天熱了拆爐子；脫下棉袍，換上夾袍，脫下夾袍，穿上單袍；不過如此罷了。天上星斗的消息，地下泥土裡的消息，空中風吹的消息，都不關我們的事。忙著哪，這樣那樣事情多著，誰耐煩管星星的移轉，花草的消長，風雲的變幻？同時我們抱怨我們的生活，苦痛、煩悶、拘束、枯燥，誰肯承認做人是快樂？誰不多少間咒詛人生？

但不滿意的生活大都是由於自取的。我是一個生命的信仰者，我信生活絕不是我們大多數人僅僅從自身經驗推得的那樣暗慘。我們的病根是在「忘本」。人是自然的產兒，就比枝頭的花與鳥是自然的產兒；但我們不幸是文明人，入世深似一天，離自然遠似一天。離開了泥土的花草，離開了水的魚，能快活嗎？能生存嗎？從大自然，我們取得我們的生命；從大自然，我們應分取得我們繼續的滋養。那一株婆娑的大木沒有盤錯的根柢深入在無盡藏的地裡？我們是永遠不能獨立的。有幸福是永遠不離母親撫育的孩子，有健康是永遠接近自然的人們。不必一定與鹿豕游，不必一定回「洞府」去；為醫治我們當前生活的枯窘，只要「不完全遺忘自然」一張輕淡的藥方，我們的病象就有緩和的希望。在青草裡打幾個滾，到海水裡洗幾次浴，到高處去看幾次朝霞與晚照——你肩背上的負擔就會輕鬆了去的。

這是極膚淺的道理，當然。但我要沒有過過康橋的日子，我就不會有這樣的自信。我這一輩子就只那一春，說也可憐，算是不曾虛度。就只那一春，我的生活是自然的，是真愉快的！（雖則碰巧那也是我最感受人生痛苦的時期）我那時有的是閒暇，有的是自由，有的是絕對單獨的機會。說也奇怪，竟像是第一次，我辨認了星月的光明，草的青，花的香，流水的殷勤。我能忘記那初春的睥睨嗎？曾經有多少個清晨我獨自冒著冷去薄霜鋪地的林子裡閒步——為聽鳥語，為盼朝陽，為尋泥土裡漸次甦醒的花草，為體會最微細最神妙的春信。阿，那是新來的畫眉在那邊凋不盡的青枝上試它的新聲！阿，這是第一朵小雪球花掙出了半凍的地面！阿，這不是新來的潮潤沾上了寂寞的柳條？

靜極了，這朝來水溶溶的大道，只遠處牛奶車的鈴聲，點綴這週遭的沉默。順著這大道走去，走到盡頭，再轉入林子裡的小徑，往煙霧濃密處走去，頭頂是交枝的榆蔭，透露著漠楞楞的曙色；再往前走去，走盡這林子，當前是平坦的原野，望見了村舍，初青的麥田，更遠三兩個饅形的小山掩住了一條通道。天邊是霧茫茫的，尖尖的黑影是近村的教寺。聽，那曉鐘和緩的清音。這一帶是此邦中部的平原，地形像是海裡的輕波，默沈沈的起伏；山嶺是望不見的，有的是常青的草原與沃腴的田壤。登那土阜上望去，康橋只是一帶茂林，擁戴著幾處娉婷的尖閣。嫵媚的康河也望不見蹤跡，你只能循著那錦帶似的林木想像那一流清淺。村舍與樹林是這地盤上的棋子，有村舍處有佳蔭，有佳蔭處有村舍。這早起是看炊煙的時辰：朝霧漸漸的升起，揭開了這灰蒼蒼的天幕（最好是微霰後的光景），遠近的炊煙，成絲的、成縷的、成卷的、輕快的、遲重的、濃灰的、淡青的、慘白的，在靜定的朝氣裡漸漸的上騰，漸漸的不見，彷彿是朝來人們的祈禱，參差的翳入了天聽。朝陽是難得見的，這初春的天氣。但它來時是起早人莫大的愉快。頃刻間這田野添深了顏色，一層輕紗似的金粉糝上了這草，這樹，這通道，這莊舍。頃刻間這週遭瀰漫了清晨富麗的溫柔。頃刻間你的心懷也分潤了白天誕生的光榮。「春」！這勝利的晴空彷彿在你的耳邊私語。「春」！你那快活的靈魂也彷彿在那裡迴響。

伺候著河上的風光，這春來一天有一天的消息。關心石上的苔痕，關心敗草裡的花鮮，關心這水流的緩急，關心水草的滋長，關心天上的雲霞，關心新來的鳥語。怯憐憐的小雪球是探春信的小使。鈴蘭與香草是歡喜的初聲。窈窕的蓮馨，玲瓏的石水仙，愛熱鬧的克羅克斯，耐辛苦的浦公英與雛菊——這時候春光已是縵爛在人間，更不須殷勤問訊。

瑰麗的春放。這是你野遊的時期。可愛的路政，這裡不比中國，那一處不是坦蕩蕩的大道？徒步是一個愉快，但騎自轉車是一個更大的愉快。在康橋騎車是普遍的技術；婦人、稚子、老翁，一致享受這雙輪舞的快樂。（在康橋聽說自轉車是不怕人偷的，就為人人都自己有車，沒人要偷）任你選一個方向，任你上一條通道，順著這帶草味的和風，放輪遠去，保管你這半天的逍遙是你性靈的補劑。這道上有的是清蔭與美草，隨地都可以供你休憩。你如愛花，這裡多的是錦繡似的草原。你如愛鳥，這裡多的是巧囀的鳴禽。你如愛兒童，這鄉間到處是可親的稚子。你如愛人情，這裡多的是不嫌遠客的鄉人，你到處可以「掛單」借宿，有酪漿與嫩薯供你飽餐，有奪目的果鮮恣你嘗新。你如愛酒，這鄉間每「望」都為你儲有上好的新釀，黑啤如太濃，蘋果酒、薑酒都是供你解渴潤肺的。……帶一卷書，走十里路，選一塊清靜地，看天，聽鳥，讀書，倦了時，和身在草綿綿處尋夢去——你能想像更適情更適性的消遣嗎？

陸放翁有一聯詩句：「傳呼快馬迎新月，卻上輕輿趁晚涼」；這是做地方官的風流。我在康橋時雖沒馬騎，沒轎子坐，卻也有我的風流：我常常在夕陽西曬時騎了車迎著天邊扁大的日頭直追。日頭是追不到的，我沒有夸父的荒誕，但晚景的溫存卻被我這樣偷嘗了不少。有三兩幅書畫似的經驗至今還是栩栩的留著。只說看夕陽，我們平常只知道登山或是臨海，但實際只須遼闊的天際，平地上的晚霞有時也是一樣的神奇。有一次我趕到一個地方，手把著一家村莊的籬笆，隔著一大田的麥浪，看西天的變幻。有一次是正衝著一條寬廣的大道，過來一大群羊，放草歸來的，偌大的太陽在它們後背放射著萬縷的金輝，天上卻是烏青青的，只剩這不可逼視的威光中的一條大路，一群生物，我心頭頓時感著神異性的壓迫，我真的跪下了，對著這冉冉漸翳的金光。再有一次是更不可忘的奇景，那是臨著一大片望不到頭的草原，滿開著豔紅的罌粟，在青草裡亭亭的像是萬盞的金燈，陽光從褐色雲裡斜著過來，幻成一種異樣的紫色，透明似的不可逼視，霎那間在我迷眩了的視覺中，這草田變成了……不說也罷，說來你們也是不信的！

一別二年多了，康橋，誰知我這思鄉的隱憂？也不想別的，我只要那晚鐘撼動的黃昏，沒遮攔的田野，獨自斜倚在軟草裡，看第一個大星在天邊出現！

十五年一月十五日

原刊 1926 年 1 月 16-25 日《晨報副刊》，收入《巴黎的鱗爪》

電子書購買

爽讀 APP

國家圖書館出版品預行編目資料

沙揚娜拉：光影交錯的康橋，遊人如織的西湖，一場浪漫與哲思的文學之旅 / 徐志摩 著 . -- 第一版 . -- 臺北市：崧燁文化事業有限公司，2023.10
面； 公分
POD 版
ISBN 978-626-357-652-0(平裝)
855　　112014392

沙揚娜拉：光影交錯的康橋，遊人如織的西湖，一場浪漫與哲思的文學之旅

臉書

作　　者：徐志摩
發 行 人：黃振庭
出 版 者：崧燁文化事業有限公司
發 行 者：崧燁文化事業有限公司
E-mail：sonbookservice@gmail.com
粉 絲 頁：https://www.facebook.com/sonbookss/
網　　址：https://sonbook.net/
地　　址：台北市中正區重慶南路一段六十一號八樓 815 室
Rm. 815, 8F., No.61, Sec. 1, Chongqing S. Rd., Zhongzheng Dist., Taipei City 100, Taiwan
電　　話：(02) 2370-3310　　傳　　真：(02) 2388-1990
印　　刷：京峯數位服務有限公司
律師顧問：廣華律師事務所 張珮琦律師

定　　價：250 元
發行日期：2023 年 10 月第一版
◎本書以 POD 印製